假如我們有個然後

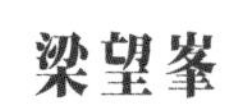
梁望峯

獻　給

# 目錄

# 序幕

# 你在那時候
# 會想到朋友

每次情人吵架了，
難過了，
你心裏就會記掛朋友。

你知道你的朋友都是好人，
一定會好好安慰你，
足以抵消情人
對你的壞。

# 1

謙是三個朋友之中，唯一有門禁時間的可憐人。

一個風雨交加的晚上，謙趕不及在凌晨十二時前回到家中，他那神經病的母親把家門反鎖了，懲罰他一整晚不准回家。

Oscar 知道後，二話不說便從家裏趕出來，陪伴謙度過漫長的一夜。

兩個少年並肩依靠在文化中心一根石柱後，蹺起二郎腿，呷着在 Starbucks 買的熱咖啡，天空上不停響着悶雷，Oscar 突然微笑着說：

「喂，我們像不像鎂光燈下的明星？」

謙已經很疲累了，有家歸不得的感覺太淒慘了。他嘆口氣說：「我恐怕無福消受。我掛念的，就只有家中舒服的睡牀了。」

Oscar 瞪他一眼，咕喃着道：「你的基因裏欠缺浪漫元素！」

謙沒好氣，「兩個大男人有什麼好浪漫的啊！」

後來，恍如抑鬱症爆發的天空，終於下起一場暴雨。

凝望着豆大的雨點，Oscar 心裏突然在想：

「假如這一刻火火也在這裏，那會有多好！」

就在這時候，如瀑布瀉下的雨幕下，一把招搖的紅色傘子從遠處出現了。

謙看到由遠處走近的火火，心頭冒起一陣莫大的感動，與此同時，他也滿心疚悔。

Oscar 精神一振，揚聲地喊：「女皇駕到！」

Oscar 站起來，在簷篷的邊緣大駕恭候，接過火火買來的麥當勞外賣袋和火紅色的長傘。

「你們兩人也不像有心思的男人，應該不會為自己準備宵夜吧？我買了外賣。」她望了謙一眼，「替你打氣啊。」

謙看着撐了傘子仍是渾身濕漉漉的她，他懊惱的說：「唉，我真不該把我有家歸不得的事告訴你們。」

是的，他痛恨自己說出自己被拒之家門外的事。他把今夜沒覺好睡的人，由一個激增至三個。

「你大可不必告訴我們。」火火揚起劍眉，用銳利的眼神看謙，「但是，萬一給我發現了，你會死得超慘！」

「謙，你真不明白火火。」Oscar 一邊綁好傘子，一邊笑着説：「得知你要露宿街頭，就算她不前來找你，也會在家裏失眠吧！」

謙轉向她，「真的嗎？」

火火狡黠一笑，「我是那種有事沒事也會失眠的人，也不一定與你有關。」

謙對她這種模棱兩可的答案真沒奈何。

她的聲音一頓，又開口：「更何況——」

她把説到一半的話停下。

Oscar 和謙靜下來，等着火火賣關子似的下半句。

她掀出一個決斷的表情，「我從不會做任何令自己後悔的事。所以，誰也無法阻止我來。」

Oscar 歡呼地叫：「妳說得自己像暴風女神！」

「討厭！」火火瞅着無時無刻跟她作對的 Oscar。

Oscar 被外賣袋釋出的香氣引死了，從裏面取出那包加大裝的薯條，火火也真待他不薄，知道他熱愛茄汁，特意為他多取了幾包。

所以，他一如往常用上自己最愛吃薯條的方法，撕開茄汁包裝袋的一小角，恍如塗上紅色顏料似的，把茄汁塗到每根薯條上，才滋味的送進嘴巴裏去。

謙拿出那個「走醬」的魚柳包大嚼特嚼。最愛吃魚柳包的他，對「附送」的沙津醬不敢恭維，這些事甚少人知道，火火除外。

是的，三個人對彼此的奇怪習慣、甚至不為人知的一面，早已瞭如指掌。

## 2

在無盡的深夜裏，三人圍圈坐在地上促膝談心，無所不談。

這一次，話題扯到一生人之中遇上最侮辱的一件事。

謙和火火分別說了自己最慘痛的遭遇，輪到 Oscar，他吞下最後一口朱古力新地，慢慢才告訴兩人說：

「我遇上人生中最侮辱的事，發生在四年前——」

天空忽爾傳來一聲巨大的雷響，聲音如雷貫耳，嚇得火火的身子縮了一下，跟謙坐得近的她，身子自然的傾向謙那邊，謙也很自然的把她輕輕抱在懷內，用掌心拍拍她的肩膊，以作安慰。

Oscar 沒再看火火和謙，他把視線轉向雨幕，若有所思。

「當時，我認定會是一生一世的好朋友，背着我和我女友在一起了。我發現了這件事，在他倆約會時突然出現。我狠狠摑了女友一巴掌，我好朋友也狠狠揍了我一拳。」

Oscar 掀了掀嘴角，有一絲輕微的痛楚從臉上閃過：「就是這樣，我在同一天裏，失去自己最愛的女孩子，以及自己最好的朋友。」

聽完 Oscar 的話，謙不吐不快：

「也許，你不該動粗，三人坐下來好好談一下，那麼——」

火火打斷謙的話——這是她一貫的做法，但凡遇上聽不下去的，她會毫不客氣地開口打斷對方——她凝視着Oscar，用確定的語氣說：

「你是故意那樣做的吧。」

Oscar聽到火火這話，視線從雨幕轉回她臉上。但他臉上沒任何表情，也沒說任何話。

謙憋不住心裏的不安，用替他伸冤的語氣說：

「Oscar，你快告訴火火，你只是一時衝動啊！你怎可對自己那麼殘忍，一下子讓自己失去一切，變成一無所有？你要知道，這些事總可以和平解決！」

Oscar先讓謙把話說完，才說了恍如最後判決的話：「不，我知道後果，所以，我是為了得到那結果，才給她那一記耳光。」

他轉向火火，直認不諱：「你猜對了，我是故意的。」

謙聞言一下崩潰了，如像在戰場敗北的士兵。

Oscar了解到謙的心情，對他說了坦白的話：

「人們總說一段感情會出現第三者。可是，你知道嗎？**當跟我在一起的人另有深愛的人，我才是那段關係的第三者**。在不知不覺之間，在不見得有選擇的情形下，我早已失去了一切。」

謙臉色有點蒼白，不知是這裏燈光泛白的緣故，抑或，他被 Oscar 的話嚇怕。

火火追問：「後來呢？」

Oscar 搖搖頭，「後來的事，我沒興趣知道，也跟我一點關係也沒有了。」

她默然一下，「這就是你在人生中感到最侮辱的事。」

「看看我，邊吃炸薯條邊說出整件事來。可想而知，最難過的時刻已過去了。」

Oscar 又露出了他那慣常浪蕩的微笑。

謙吃了魚柳包，喝了汽水和一杯新地，再加上給 Oscar 的話重重地衝擊，他突然累得要命，精疲力盡的靠在柱上睡着了。

火火和 Oscar 站在簷篷下，觀看模糊一片的維港對岸，雖然雨下得凶，但最奇怪是一點風也沒有，兩人感到身處於一個奇妙的空間裏。

「你知道嗎？」火火忽然吐一句。

「我該知道什麼？」

「我知道你一定會來陪伴他，我放心不下的不是他，是你。」火火把前臂伸進水簾中，任由雨水拍打她掌心，「我想見的，也是你。」

「我知道。」Oscar 牽牽嘴角的問：「**但我可以假裝不知道嗎？**」

「你可以嗎？」

Oscar 沉默一下說：「我不可以。」

「那就不要假裝不知道。」火火斜看他一眼，「你沒有避開我的超能力。」

她把雙掌從雨中收回，卻掏了一把雨水，出其不意的往 Oscar 的臉上潑去。他冷不防被她戲弄了，一頭一臉也是冰冷的水珠。

他用衣袖抹了臉，一言不發的提起傘子，把它拿到雨中沖洗，使傘子變得濕淋淋，朝她走過去。

見火火想找地方躲，他提醒她：「妳逃得出我的視線範圍嗎？恐怕不能。妳已被困，無處可躲了。」

火火像一頭遇上大黑熊的母獅子，一邊後退一邊防禦的看着他，「喂喂喂，男人不欺負女人啊。」

Oscar 微笑說：「廢話，妳是個女權主義者啊，你要求男女平等！」他猛地對住她打開傘子，無數雨點向她灑過去，讓她避可無避。

火火追打 Oscar，他就學着查理卓別林以八字腳走路，又學查理轉動傘子，圍繞着那些柱子以「S」字形充滿幽默感地游走。

謙被火火和 Oscar 的喧鬧聲叫醒，他迷迷糊糊張開眼睛，見二人正繞着柱子互相追逐嬉戲。他縮了縮身子，一樣東西從他的肩膊兩旁滑落，是 Oscar 的軍綠色夾克，他窩心笑了，把它重新拉到頸項前，也不理會玩得興起的兩人，溫暖地沉沉睡去了。

雖然，
發現了對方令自己不盡滿意的地方，
可是，正如每個人也不會完全滿意自己，
你會以忍受自己也有陋習的寬容度，
容納對方。

反之，
當發現彼此有某些相像之處，
就會有意外驚喜，
並有相逢恨晚的感動。

是的，
朋友就該這樣。

第1章

# 看你交了<br>什麼朋友，就能看出<br>你是什麼人

你是怎樣的一個人是無法隱瞞的。
只要看你身邊待着什麼人，
就可以破解你內心的密碼。

人既複雜但又十分單純，
往往像樽裝飲料的沉澱物，
只求物以類聚，
緊密依附在一起。

# 1

謙和火火結識在先。

由於，火車的路線經過二人居住的地方，每天放學後，他倆也會同行回家。

有一天，兩人坐在車廂裏，為了學校新訂的那項「女生不得用彩色的橡皮圈束髮」校規而爭辯不休。

謙保持他一貫的中立，分析着這條校規的利弊。火火聽得頻翻白眼，多番打斷他的話，爭先發表相反的意見。

當時，Oscar 就坐在謙和火火對座的位子上，聽着藍芽耳筒傳來的音樂。由於，他喜歡看倒退的風景，所以，他總會選擇坐在與行車方向相反的座位——在車廂裏，這些逆向座位特別不受歡迎，Oscar 心裏有一種浪漫的聯想：也許，大家在潛意識裏也是拒絕回頭——那天放學後，他在車廂裏坐下沒多久，一對同校的男女生，就坐到對座的雙人卡位來了。

Oscar有個習慣，**喜歡假裝在聽音樂，偷聽別人的真說話**。所以，耳朵戴着耳筒的他，暗中關掉了音樂。因為，那一對男女生的對話，比起周杰倫的歌聲實在吸引得多了。

Oscar把視線投出窗外，恍如專注凝望着向後倒退的風景，讓那對男女生進一步減低防範。他倆的對話，巨細無遺地傳進了他耳中。

Oscar**很喜歡**那女生偏激兼具煽動性的言論，他毫不懷疑，她就是那種就算要單憑自己微不足道的力量，也要跟整個世界奮力抗衡的女子。

與此同時，他也**更喜歡**那個男生，他的說話數度被女生打斷了，卻沒表露出一絲不耐煩和不快，只是順着她的思路，任由眉毛高高挑起的她，繼續放肆地發言。

Oscar認定那男生是個性格溫文優雅也愛好和平的人，那正好是Oscar無能為力做到的，因此對他倍加拜服。

這時候，列車倏地緊急煞停，讓車卡內的乘客東歪西倒，各車卡也有女人發出尖嚷聲。

Oscar 一個坐不穩，整個人就往對座的火火仆倒過去，火火走避不及，嚇得趕緊閉上了雙眼。他在千鈞一髮之間，用手掌按着火火的椅背，及時停止去勢。

縱使如此，兩人的距離由幾公尺，一下子變了連一公分也不到，Oscar 的鼻尖幾乎貼着火火的鼻尖。

火火張開眼，乍見幾乎吻了她的 Oscar，她下意識的伸手用力一推，把他大力推回座位上，不留情面地說：

「喂，你平衡力差，就去少林寺多學兩年紮馬啊！」

坐回座位上的 Oscar，慢條斯理的摘下了耳筒，氣定神閒地問：「剛才很抱歉。請問，妳說什麼？」

總算也定過神來的火火，沒好氣的瞅着他，「小弟弟，緊握扶手啦！」

「姑姑，我知道了！」Oscar 燦然一笑。

火火呆了兩秒鐘，正想發作，坐在她身邊的謙問 Oscar：「你也沒事吧？」

Oscar 注視着謙，感激他的關心：「沒事，只要不生氣就沒事。」話中卻不忘挖苦女生。

謙看看穿同一校服的 Oscar，也注意到他擱出了書包一角的課本，他高興地問：「我們是同年級的嗎？好像沒見過你？」

Oscar 欣賞謙的友善，也樂見一向被動的自己，被別人主動地結識。所以，他活像要步過機場海關的X光機似的，把身上的武裝自動自覺卸下。

他誠實地報上了名字，他讀C班，是剛轉校不久的插班生。謙告訴 Oscar 他讀A班，火火讀B班。

火火明顯地對身邊的謙傻得不懂保留私隱而有點不滿，斜瞪他一眼。

謙饒有趣味地問 Oscar：「對了，你為何轉校過來？」

「我在學校裏——」

火火打斷他的話，刻薄的說：「小弟弟，你因性騷擾女生而被趕出校的吧？」

「不啦，我性騷擾了學校的校工嬸嬸。因為，我有非常嚴重的戀母情意結。」Oscar比起她更涼薄的說：「嗯，口講無憑，妳剛才親身經歷到了。」

火火說的每句話也被擋回去，她欲要發作。這時，列車慢慢重新開動，謙卻忽然站了起身，朝着車窗外一看，他的聲音夾雜詫異和難過：

「列車剛才撞到一頭牛！」

「牛？為什麼有牛？牠從哪裏冒出來？」貼着車窗而坐的火火也站起身來，一臉驚喜地說：「我從沒見過真正的牛！」

Oscar看到路軌旁的碎石上，橫躺着一頭體型龐大的黃牛，牠的嘴角正源源不絕地吐出鮮血，兩條後腿在虛弱地亂踢。

Oscar不禁在想，大概為免耽誤班次，鐵路公司才出此下策，列車慢慢加速，恍如撞到路人後不顧而去的車子。

不知不覺之間，三人便成了共犯。

謙坐了下來，表情憂心忡忡，他低聲問：「牛救得活嗎？會死嗎？」

火火卻爆出了大笑，「這頭牛可能活得不耐煩，撞上火車自殺啊！」

謙聽到火火的話，默不作聲也面無表情，Oscar 認同他的無聲抗議，他也覺得這個女生過度冷酷無情。

火火觀察兩人臉上有同樣的不悅，她無趣地問：「怎樣啦？我們要為一頭牛而默哀三分鐘嗎？抑或，要戒吃吉野家牛肉飯三個月？」

Oscar 不理會火火，他看着謙說：「我的想法是，若牠傷太重，寧願幹掉。」他作了一個手槍狀，對準自己的太陽穴，按下拇指，平靜地說：「『砰』的一聲，只消一秒鐘，讓牠縮短痛苦地死去就好。」

謙用力咬咬牙，「我正在想的，也是這麼一回事。」

火火用掌心輕拍臉頰，感覺超現實：「哎啊，兩個多愁善感的毒男！讓我死掉就好！」

在下一個站，謙先下車了，火火用鋭利的目光盯住對座在看窗外風景的 Oscar，好像在研究什麼奇異的生物般，超過半分鐘後才開口問：

「你是同性戀者吧？」

Oscar 把視線從窗外快速掠過的建築物收回，注視着她雙眼，避談她的問題，反問了她一個問題：「難道，妳害怕會愛上我？」

火火笑，「錯，我是害怕你遇上我後，從此扭轉了性向。」

「我的恐懼不下於妳。」Oscar 也笑了，「妳也知道，我是個戀母狂和同性戀混合體呀。」

列車慢速駛進下一站月台，眼見車門即將打開，一個穿背心、滿身泥濘的中年男人在車門外等着開門。男人見火火旁邊有空座位，一臉虎視眈眈。

火火對 Oscar 說：「我最討厭幹地盤的，你快坐到我身邊來。」

「這算是個請求？」他笑問。

「這是警告。」

「萬一我不服從呢？」

火火沒再說話，一手揪起 Oscar 校服的衣領，把他整個人從座位抽起，擲到她身邊來，Oscar 有一顆衣紐也給她扯掉了。

「我已警告了你啦！」

他整理着恤衫，擺頭擺腦地在苦笑。

中年男人在火火對座坐下，坐下沒多久就在閉目養神了。火火一直緊緊地戒備着他，猛盯着他粗糙乾枯的黝黑皮膚，像看着一塊蛇皮般感到毛骨悚然。

她向男人抬了抬下巴，對 Oscar 小聲地說：

「小弟弟，你再不努力讀書，將來就會變成一個被女人鄙視的可憐男人。」

Oscar 這次卻選擇沉默，沒有跟她針鋒相對。車到下一站，Oscar 才站起身開口說：

「也不一定，我父親也幹地盤工作，他既不被鄙視也不需要誰的可憐，我母親更稱讚他是個硬漢子。」

火火碰了一臉灰。

Oscar 對她說：「我先下車了，明天會碰見的吧？」

她目送着他，對他的背影說：「你這個人真討厭！」

Oscar 回過身來，對她冷笑一下：「也許，我人生中最大的成就，就是讓妳更討厭我吧。」他戴起耳筒，頭也不回的跨出了車廂。

火火遇上對手了，她用只有自己聽到的聲音說：「明天見。」

那天，三人也有留意新聞報道，但找不到有關那頭牛的報道。

## 2

這天以後，三人成了同伴，無論去哪裏，總愛結伴同行。

雖然，三人很快便發現了對方令自己不盡滿意的地方，可是，正如每個人也不會完全滿意自己，他們會以忍受自己也有陋習的寬容度，容納對方。

反之，每當三人發現彼此有某些相像之處，就會有意外驚喜，並有相逢恨晚的感動。

譬如說，三人也不抽煙。要是在街上遇到抽煙的人，會給對方好瞧的。

謙的性情比較謙厚，看到前面一團煙霧飄來，往往只會掩着口鼻疾步而過；火火性格火爆，放毒話是少不免的，用吸煙者必定會聽得見的聲音響亮地喊：「為何這條街這麼臭？是誰在放屁啊？」或「好臭！有人在吃糞便嗎？」；Oscar 則比較滑頭，會視乎對手而作出相關的行動。遇上惡形惡相的大漢他會顯得節制，對火火的話充耳不聞。若遇上的是獨行少女或弱不禁風的老人，他就會插科打諢的回應：「屁再臭，也臭不過煙味啦！」或「人家在開餐，你就別瞎說啦！」他一向喜歡恃強凌弱，並以不吃眼前虧為己任。

再舉一例，三人要做專題報告，去圖書館一同研究着不能外借的參考書本。關館前，若大家仍是無法完成，火火絕對不會把書放回原處，而是把它藏在離天萬丈的兒童故事書後面，等着翌天再續。

謙對火火的舉動看不過眼，「這樣做不太好吧？需要使用的人找不到。」

火火還沒作聲，Oscar 已代她放話：「也沒有什麼不妥的啦。我們又沒有偷書，它仍在圖書館內，只是『哎呀很抱歉的放錯位置了』。」

「你不明白謙，他想說的是：這個女人真沒公德心。」

Oscar 笑了，替謙板回一道：「既然妳心知肚明，就該好好反省一下啦！」

「嘩！你這人真是——」

一向口若懸河的火火，給他氣得腦退化，連毒話也騰不出來了。

「我只是主持公道。」Oscar 轉向謙，「謙謙，我說得對吧？」

「真的不可以放回原處嗎？」謙在意的只有這件事，他又建議：「要不然，我明天放學馬上來搶？」

「不——可——以！」

火火和 Oscar 不約而同發出咆哮，讓圖書館人員為之側目，謙連忙向職員們作了致歉的神情，逼不得已做了二人的共犯。

## 3

一直以來，謙也是學校足球隊的首席龍門。

由於他頻頻救出險球，令學校在校際比賽中屢奪佳績，幾年過去了，很多隊友對足球的熱誠已減退，甚至已退出了，謙仍是隊中的中堅分子。

每逢有重要賽事，火火和 Oscar 均會到球場支持，由於謙把守最後防線，Oscar 總會看得血脈沸騰，他心裏不停在想：假如在勢危的一刻，他也身在場內那有多好，他可以與謙一起並肩作戰了！

有一次，Oscar 陪謙到球場練習，他的隊友遲遲未到，Oscar 就充當了射手，替謙練習守龍門。謙無意中領教過 Oscar 的超卓球技，由衷稱讚他的表現出色，Oscar 遂說出他想與謙同場作戰的心聲，令謙感動得想哭。

他誠邀 Oscar 加入校隊，Oscar 對足球這回事既不喜愛也不討厭，他沒有謙虛的推卻，卻進一步說明意願：

「萬一我真要加入校隊，我只想當後衛。」

謙不明白，Oscar 說：「龍門和後衛的距離最接近了，誰想要攻擊你，必須先過我這一關。若我保護不了你，你就得好好保護自己了。」

「可是，以你的腳法，射球的準繩度，應該去當前鋒！」

「要是這樣，我寧願留在看台上喝汽水，隔岸觀火了！」Oscar 用不着謙去猜：「**身在場內，卻對你欲救無從，我一定會更難過。**」

謙向教練極力推介 Oscar，教練也試出 Oscar 的潛力，讓他順利加入了校隊的後衛球員，兩人合作無間。遇上對方的前鋒侵犯龍門，Oscar 第一個生氣得去推撞對方，讓他吃過幾次黃牌、甚至被紅牌趕出場。

火火認真地問兩人：

「你們打算何時結婚？」

Oscar 凝視着謙，情深款款地說：「打令，你說呢？」

謙的表情既尷尬又無奈：「我始終比較喜歡女人啊。」

「我一直以為謙才是女方。」火火不錯過任何挖苦的機會，「也好，我總算弄清楚，什麼叫夫唱婦隨。」

在更衣室裏，Oscar 最喜歡聯同隊友們戲弄謙。因為，謙是個大近視，Oscar 總愛趁他沖涼時，除了偷走他的粗框眼鏡，更拿走他的大毛巾，換一條一呎乘一呎的小手巾，讓他在更衣室裏活像瞎子摸象，哭笑不得。

## 4

三人也一度受到外人介入的威脅。

用「威脅」這說法好像很奇怪，但三人在事後談起，竟有着同樣的感觸，從此，彼此更認定這鐵三角組合的難能可貴。

那是一個陽光毒辣的放學後，三人走到吉野家吃下午茶，一名個子不高、但表情豐富的男生，雙手捧着餐盤走過來，跟謙打了個招呼，順勢坐下來。

Oscar 正說着小時候與一頭壁虎搏鬥的趣事，正說得繪影繪聲的，突然給這個男生打斷了，難免有點不高興。但 Oscar 眼見整家食店都坐滿了，加上他是謙的同班同學，也就暫且忍耐着。

男生的名字是任天堂，他一坐下便擺出細心聆聽之勢，一抓到各人談話的模式和節奏，就非常漂亮地切入討論，更把眾人不知不覺引導向新話題，到後來，遂演變成他的獨腳戲。

期間，任天堂去了廁所一趟，火火和 Oscar 向謙問了他的資料，謙如實的告訴兩人，任天堂是 A 班最受歡迎的男生，性格熱情慷慨。因此，每逢學校午膳時間，只要任天堂召集，同學們也會一呼百應。男女生們也同樣喜歡他，任何場合只要有他在，保證沒冷場。

Oscar 聽得出，謙幾乎要脫口而出，任天堂是全宇宙的朋友。

火火開宗明義，她覺得任天堂並沒有謙想像中的友善。謙對她的話表現懷疑，很替任天堂不值：「我始終相信，任天堂是個很不錯的朋友。」但他謙讓啞忍的性格，卻使他沒法直接的發作。

「沒關係，只是你的朋友而已——反正。」火火拒人千里的說。

謙用求助的視線轉向 Oscar。

Oscar 看出謙很欣賞任天堂。從剛才短暫的接觸，他也不會懷疑任天堂具有演説家的魅力，未來日子去參政也沒問題。可是，這使他更不能確定任天堂的加入，會否破壞三人的和諧關係。

所以，Oscar 聳聳肩膊，用食指和中指挖向火火雙目，又挖向自己雙目，對謙説：

**「惡魔的眼睛，認得出他的同類。」**

任天堂折返，三人也就沉默下來了。謙因與火火和 Oscar 鬧分歧而心裏不快，而火火和 Oscar 因同仇敵愾而拒絕再供應話題。任天堂似乎很快便感受到氣氛的劇變，他用了「要幫病倒了的朋友看店子」的理由離開，一臉可惜地向三人道別了。

離開吉野家，火火走進 H&M 女裝部逛逛，謙和 Oscar 在門外的櫥窗前等候，他忍不住向 Oscar 申訴：

「火火和任天堂只見了幾分鐘呢？為何要一口咬定他不友善？」

Oscar 沉默一刻，才告訴謙他的想法：

「任天堂這個男生說話風趣幽默，可是，他活像掩眼法般把自己某些特質給抹走了。而這種藏得很深沉的本質，就像他在外套的內袋藏着一把手槍，讓火火覺得這個人不夠老實可靠。她想強調的，也許是這一點吧。」

謙失望地說：「連你也這樣想？」

「我的想法比她簡單得多，我只是習慣了三個人的相處，多了個人總覺得不自在。」

Oscar 努力顧及謙的感受，說盡安慰話：「當然，也不排除只是一時錯覺。但人與人之間要合眼緣，交友更加勉強不來吧。」

「我滿以為，你們想多結識一些有趣的人。」

「我沒關係，但火火恐怕不是個會受人操控的女子。」Oscar 說：「你認識她多久了？你該知道，她一向愛恨分明。」

謙提出重要的一點：「你們兩個人，也是經由我而結識的啊！」

「那是因為，她剛巧也想認識我。」Oscar 搖一下頭，「否則，我們到現在仍只是乘坐同一種交通工具的陌生同學罷了！」

「也許……你的話也沒有不對。」謙彷彿釋懷了一點，「誰都別想打她的主意，對吧？」

火火從店中走出來，謙主動與她說話，她一開始冷待他，全靠 Oscar 間中插科打諢，她的話才多了起來。在車站分別之際，謙正式查問兩人：「兩位，任天堂落選了？」

「對。」火火和 Oscar 異口同聲。

謙明白地點頭，從此以後，他在兩人面前，再也沒提起過任天堂。

在這天以後，三人都感到彼此的關係心照不宣。

**這是個容不下變數的組合，恍如什麼經典的樂團，少了一個人恍似就有所缺失似的；多一個人會奇怪地感到不自然。**

或許，三人也意識到了——這段唇齒相依的友誼，宏觀地從未來看回去，即成為人生中其中一項值得表揚的成就。

恍如一支飲用前要搖勻的飲品，
一下子捲入了巨大的旋渦。

慢慢靜下來以後，
想到自己的分子改變，
身邊的一切也不同，
一種重頭開始的感覺誕生了。

好像瓶後註明那一句：
「沉澱物乃屬正常現象，
請放心飲用。」

第2章

# 天使屬於大家，朋友才是自己的

天使太忙了，
忙着守護着世上的眾人，
我曾經向她大力的揮過雙手，
她在看見和看不見我之間過目即忘。

我終於知道了，
我需要一個極渴望我的人，
那人才是我的天使。

1

由於火車沿線經過旺角東，每逢學校假期，三人總會相約到旺角逛街。

當 Oscar 看見西洋菜街行人專用區宣傳商品的性感模特兒，他便會興奮得跑過去猛拍照；火火則會猛烈抨擊那些女模真不夠水準；謙表現得最尷尬，他的保守作風讓他的眼光不知該放到何處去。

當路過那些簽名支持環保、支持防止虐待動物或保衛婦女貞操的攤位，謙總會被工作人員截停，不厭其煩地聽着不同人士的理念，最後又會被各種信念深深打動，要求簽名時簽名，要求捐獻時作出捐獻。

Oscar 和火火懶理謙，走去買魚蛋或臭豆腐，火火認定了那是騙人的伎倆，當謙過了足足十至廿分鐘才能脱身，她取笑謙的老實軟弱。

謙表示無奈，「在妳眼中，別人的善心，通通都是圈套啊？」

「蠢材，他們不一定要你的錢，但只要套取了你的資料，他們便能胡作非為。」火火說：「否則，你認為那些垃圾電郵、請你貸款和買保險的來電、順風速遞和請你去性派對的手機短訊，怎會突然出現？」

Oscar顧及謙的感受，用嘲諷火火的方法安慰着他，「她已得到應有的報應，你看她這副憤世嫉俗的樣子，每天活得快樂有限。」Oscar撞一撞他的手肘笑笑說。

「Oscar，難道你也受到謙的神召，相信人性本善？」火火突然很生氣地道：「要是你相信的話，我切！」

Oscar笑死了，連一本正經的謙也會心微笑。Oscar笑問：「妳切什麼？」

「切腹！」

Oscar從書包裏取出他隨身攜帶的萬用軍刀，拉出了最鋒利的刀片，把刀柄遞向她，「請自便。」

「你以為我不敢？」火火伸手便接過，將刀尖對準自己的小腹。

Oscar 嚇得連忙止住了笑，打個哈哈的說：「好，停手，妳贏了。」

「你試着解釋一下，我怎麼贏了？」火火沒有把刀尖移開。

「世界不只白和黑，也有灰色地帶。」Oscar 倒是老老實實的說：「我相信，做人最好亦正亦邪，不要濫做好人，也不做沒必要的壞事，人才會快樂的吧？」

「騎牆派的同性戀者！」火火討厭地說，隨手把軍刀以拋物線擲回給他，「真是無可救藥！」

Oscar 手忙腳亂的接過了刀，臉上頃刻露出痛楚的表情，他微彎着身，用一隻手按着另一隻手，謙看到刀鋒刺穿了 Oscar 手指，他給嚇呆了，對火火喊：「妳怎可以這樣？刀子不長眼睛啊！」

面對謙的指責，火火只瞄了 Oscar 一眼，沒好氣地說：「放心，這個白痴死不了的！」

聽到這句話，本來沉住氣的謙，真正發起火來，他大動肝火地說：「妳刺傷人，怎麼還說這種話？」

火火翻翻白眼看謙，露出一副「你母親為何生下這樣低智商的你」的表情，向 Oscar 的方向抬了抬下巴，「你自己找當事人說說看。」

謙再看 Oscar 一眼，Oscar 一張臉笑盈盈的，他也自知闖禍：「謙謙息怒！我只是玩玩啦！」他攤開手心，刀子夾在食指和中指的指縫間，剛才只是角度問題，他根本沒受傷。

謙自知被戲弄了，即使 Oscar 道歉，他也餘怒未平。Oscar 望向火火求救，她照舊擺出一副愛理不理的樣子。Oscar 只好邊走邊環抱着謙的肩膀，對他說：「就當我預支了下一次愚人節的遊戲，愚人節當日我不作弄你好了……這樣好吧？」

火火在兩人身旁煽風點火，「咦，原來這也叫道歉？真恕我孤陋寡聞啊！」

Oscar 向她伸一腳，她敏捷地溜了開去，還向他做了個鬼臉。

這一刻，謙開口說：「請你們答應我好嗎——」

火火和 Oscar 同時靜下來，謙說了下去：「**不要拿傷害自己的身體來開玩笑，這會**

傷害到關心你的人的心！」

兩人對視一眼，Oscar 因謙的訓話而內疚，他爽快答允：「以後不會。」

「愚人節也不能玩這個。」他強調。

「一定不會。」

「火火，妳也不要。」謙模仿着她用刀指向自己的動作。

火火真受不了他的說教，但她明知再胡鬧，只會招惹這個孔子的循循善誘，老半天也不得安寧，她只得敷衍地點一下頭。

天真的謙，這才回復了笑容，他看到來自四方八面的奇異目光，顯得一臉為難：

「Oscar，我們是好朋友沒錯啦，但我倆……是否太過親密了？」

Oscar 把他的肩膊攬得更緊，也把頭向他的臉湊過去，嘿嘿地笑，「但你感到幸福嗎？幸福吧？」

謙面紅耳熱的說：「～幸～福！」他真後悔說了真話，明知 Oscar 是個頑童。

「我曾經以為自己得了男性朋友，就等於多兩個保鑣。」火火的神情慘淡，搖頭嘆息，「怎也沒想到，我活像跟兩個太監同行。或遲或早，我更多了兩個要問我借衛生巾的姊妹！」

謙和 Oscar 相視一眼，兩人有默契地點一下頭，就要活捉火火。火火也清楚 Oscar 的把戲，三人在寬闊的行人專用區追逐着，從街頭跑到街末，從有氣力跑到沒氣力，跑了足足有兩百公尺。終於，火火伸開兩臂做了個 T 字姿勢，身後的謙和 Oscar 也就停下腳步。那是三人之間一早有默契的暗號，無論玩什麼遊戲，只要誰做出這個姿勢，就代表遊戲結束。

由於各人也想到自己下次就是主動停止遊戲的一個，所以，三人也願意嚴格遵守。

三個人皆彎着腰，用雙手按着大腿，在街上猛烈喘氣，差點要斷氣掛掉。然後，三人看看對方作嘔的臉，指着對方笑了起來，也順道取笑了自己。

三人走到一家專賣精品的商場，Oscar 和火火看得很投入，對每項新產品也感到好奇，店子愈是人多愈想擠進去。謙無疑過分謙讓，總怕會打擾了顧客，只能像孤兒一樣站在店門外等候。

逛至商場頂層之際，火火發現了新開張的影貼紙相店舖，她看到裏面有日本最新推出的機款，瞳孔頓時擴大，嚷着要玩。Oscar 顯得詫異，他滿以為火火對這類少女的玩意不屑一顧，但從她近乎狂熱的表現，證明他對她的認識仍屬初步並貧乏的階段。他為自己還未有完全發掘她而感到高興，更安慰的是，居然發現她也有平凡女孩的一面。

因此，Oscar 興奮地附和，謙卻唯唯諾諾。兩人再三查問，謙說自己從沒試過有拍得好看的照片，火火簡單的說：「既然如此，我們就拍一輯難看的。」

「對啊，萬一拍得好看，就丟掉重拍！」Oscar 附和。

「你們是不是神經病？」謙苦笑。

「你看我們多精神！」Oscar 和火火不約而同的說。

謙說不過他們，只好陪着去玩，三人在機器前量度着彼此所站的位置，最後決定由火火站正中央，謙和 Oscar 各站一邊。投幣以後，火火選擇了上下左右都給很多玫瑰包圍的圖案，三人在小小的熒光幕上看到三張傻裏傻氣的臉孔。

「開始拍了嗎？」火火問。

「全部都是日文，誰知道啊？」Oscar 把垂落在眉前的頭髮向上撥，讓自己更有朝氣。謙托了托他的眼鏡，把身子湊前一點，研究着機器前那一堆日文中的幾隻漢字。

火火看到熒幕中那頭大身細的謙，活像大頭狗似的，隨即笑彎了腰。

Oscar 也看到了，他忍住笑意說：「嘩！這幀相片可放在靈異網站！」

謙一臉茫然地問：「什麼？什麼？」

機器「咕嚕咕嚕」的運作，熒光幕中突然出現了「5」字，各人慌張起來，火火充當了發號司令者，急急吩咐：「我們儘量貼近熒幕！動作快！」

兩個男生不知所措，只好乖乖靠向火火，當「2」字閃現時，她再催促：「兩位白痴，你們各被斬去半個頭了！近一點，再靠近我一點啊！」

謙和Oscar給催得怕怕，把頭壓向火火的面龐。在Oscar以至謙的印象中，這也是首次跟她那麼的親近。火火這天戴了一串牛角耳環，牛角的尖端一路刺着他們的面頰，讓兩人感到這一幕既溫馨，又帶着奇妙的痛楚。

「喂！你們這就叫扮鬼臉？」火火又尖聲道：「記住，我們要拍難看的！否則就得重拍！」

於是，三人在最後一刻，努力做着各種怪表情，火火和Oscar做出自覺最噁心的表情，而謙的表情則是一貫哭喪似的木納……而他已經盡力了。

機器會拍攝三張，拍第三張的前一刻，Oscar伸長了手臂，隔着火火，用力一推謙的後腦，令他俯身向前，正好拍下他的大頭模樣。

拍攝告一段落，火火瞧瞧謙的臉，嚇一跳的問：「嘩！關公何時上了你身呀？」

他的臉更紅，好像被火燙一樣，「這裏很悶焗！」

火火對這個答案非常不滿意：「謙謙，你就不可以稱讚我一句，你因我而面紅了嗎？」

Oscar笑着說：「放過謙謙吧！」

「你呢？」

「我什麼？」

「你為什麼一點也不面紅？」

「首先，妳能否提供一個讓我面紅的充分理由？」

火火沒有給Oscar問起，她建議說：「你和一個美女湊得很近，腎上腺素激增，心跳加速害羞……之類。」

「我沒有面青口唇白，已經足夠對得起妳了！」

Oscar記起來，向謙問：「對了，謙謙，下一場球賽在哪裏進行？九龍公園？修頓球場？」

火火氣得瞪目頓足。

在沖曬照片之前，有三分鐘時間讓玩者在相片上繪畫。由於只有兩枝輕觸熒幕的筆，謙便讓給兩人繪畫。火火在三人身上添上具科幻感的銀白色衣服，Oscar 給玫瑰花背景加上黑色的尖刺，到了剩下約一分鐘，Oscar 把筆遞給謙：「來添一筆。」

「我畫畫不好啊。」

Oscar 笑了，「那就寫上一句：『我畫畫不好啊』！」

「真的不用啦。」他搖頭擺腦。

Oscar 把筆再遞前一點，堅持着說：「怎也好，這是我們三人的合照，你就提兩隻字吧！」

謙呆呆的接過了筆，Oscar 悄悄把火火拉開幾十呎，讓謙獨個兒去寫，直至時間終止。

數分鐘後照片曬了出來，火火看看謙寫上什麼，在她和 Oscar 設計得很有型的合照上，謙在每張也寫上一句「Forever Friend」，簡直大煞風景，她幾乎給氣暈。

Oscar 笑而不語，只要謙也能一起參與，他便快樂。

火火把三張貼紙相剪開，每張如同八達通卡的大小。Oscar 和火火馬上搶了兩張。Oscar 把剩下的一張遞給謙，他卻搖頭了。火火告訴 Oscar，謙並沒有保存照片的習慣。

Oscar 想一想，認識好一段日子了，凡有拍照的場合，謙也是拿相機的那個。他彷彿真的很抗拒拍照。有時候，在手機拍了照片，火火和 Oscar 以 Whatsapp 交換照片，他也不要。

「真的不要？」Oscar 笑着多問一遍：「不要的話，我拿去貼堂啦！」

「我把影像都牢記在這裏。」謙指指腦袋。

Oscar 便把三人的合照貼到貼紙機旁的留念板上。板上約有四五十張照片，每張照片大小不一，但每一張照片皆把相中人拍得漂漂亮亮的，沒有一張及得上他們這張——在扮着最醜陋的鬼臉。

後來，火火嚷着吃「譚仔米線」，兩人便陪她在店門前輪候。謙突然說：「我去書店買一本書，很快回來。」

他走開後，火火感嘆說：「真可憐，這名白痴成績超凡，卻不懂說謊！」

Oscar 在翻閱新買的漫畫書，他可沒留意這個細節，火火一手搶過他的漫畫，「快跟蹤他！」

「無恥！我為何要對朋友做這種不道德的事？」

火火露出她招牌式的翻白眼，她的睫毛就是出奇地長，她說：「因為，我倆都是安顧道德、毫無廉恥的人。」

「在我倆的墳墓上加這幾句。」Oscar 笑了。

Oscar 吊着謙的尾巴，沒想到他真的鬼鬼祟祟地回了幾次頭。Oscar 每次皆以街上的人牆作掩護，他看見謙走進剛才的賣精品商場內，返回了剛才那部貼紙相機前，將那張合照從留念板上小心翼翼地撕下來，接着，他珍而重之地把照片藏在銀包暗格內。

當謙想要離開店子，Oscar 才想到自己已無路可退，若他調過頭走出店外，謙隨時會發現他。他急中生智，掀起了一部貼紙機的掩布，藏身在貼紙機內避難。

當 Oscar 步出商場時，他一直感到困惑，但他以身為男人的智慧去思考，很快將事情弄清過來。從謙的臉紅透了開始，到他拒絕收下照片，繼而偷偷的取回它，一切細節也煞有介事的說明了，謙對火火的感覺不獨是朋友。

下次去唱 K，他會替謙點一首《但願不止是朋友》，讓他憑歌表白。

這時，火火來電：「喂，謙死到哪裏去了？他是不是去買四級 DVD？」

「我跟丟了他。」Oscar 對她說：「只不過，妳有一半說對了，我在搶購四級 DVD，要不要給妳買？」

「若我有興趣，倒不如親自去拍。」

「嗯……沒興趣買。」

這是 Oscar 首次感受到謙喜歡火火，他彷彿共享了好朋友最大的秘密，感到異常高興。

## 2

三人結伴去看台灣男歌星的演唱會，門票是兩個月前買下的。到了演唱會那天，三人在紅館附近吃過晚飯，進場的時候，當火火和 Oscar 給職員撕去票根，謙卻沒找到他的票子。

「我最近換了新書包，一定是忘記把票子帶過來了。」謙懊悔不已。

Oscar 向負責檢查門票的職員求情，但職員態度強硬，Oscar 不得要領，謙始終被拒在場外。

Oscar 想也沒想便說：「事實上，我喜歡這個歌星的程度只是一般，不看也罷。謙謙，改你進來。」

謙用力搖頭，「忘了拿票，是我的問題。我先回家好了，你倆——」

「你們兩個男人煩不煩？」火火聽不下去了，馬上說：「換一個方法，我們三人一起去聽演唱會！」

謙和 Oscar 面面相覷，Oscar 告訴謙：「恐怕她又要做壞事了！」接着，火火獨自入場，一坐下便致電給 Oscar，Oscar 把電話的揚聲器開到最大，就在場外直播演唱會實況。

謙和 Oscar 坐在對海方向的長椅上，一邊遠眺維港景色，一邊身歷其境的「聽」演唱會，那真是前所未有的奇妙感受。在兩個表演環節之間，火火走出來了，這次換 Oscar 進場。

謙也不得不讚許她的創意：「虧妳想得出來啊！」

「你該感謝的，是 Oscar。」她說：「既然他說要不就一同看，要不就拉隊走人，我總得想想辦法啊！三張票子可不是免費的。」

謙朝火火感激點頭，「你倆沒離棄我，這種感覺實在太好了。」

這時候，揚聲器傳來 Oscar 的聲音：「你們兩個聽得清楚嗎？」

「白痴，別將電話筒面向你自己，我只聽到後面廁所的沖廁聲！」火火怒罵：「將電話筒面向舞台那個方向啦，聲音會比較『高清』！」

「遵命！」

「Oscar，真奇怪啊！」謙問：「為什麼，我總聽不清楚他在唱什麼？」

「你聽得清楚他在唱什麼，只表示你的聽覺極度不正常。」火火翻翻白眼說：「聽他的唱片時，若不對照着歌詞，我也不懂他在唱什麼。」

Oscar 在電話那邊哈哈笑，「謙謙，你不用擔心，你只是近視，耳朵還沒出事。」那邊傳來了巨大的歡呼聲，Oscar 頓了頓說：「嗳嗳嗳，主角出場囉，這一個環節該是唱快歌。他身穿一身屠夫的衣服，戴上白色膠圍裙，手中拿着一把長長的開山刀，背上還揹着一頭豬似的物體，氣氛極度懸疑！哈哈哈哈，舞蹈員都在舞台上跑來跑去，忙着逃避他的追捕。最重要的是，女舞蹈員穿很少布，一片波濤洶湧，好像我兒時愛玩的波波池——」

「謝謝你的現場報道。」火火不耐煩的打斷他，「我們只想專心聽歌。」

再過幾分鐘，一名職員遠遠朝兩人走來，謙想關上電話，火火卻制止了他，她冷冷一笑，「就是那頭不讓你進去的門口狗！」

職員走到兩人面前，看到他們把手機的揚聲器開得老大的，卻沒有予以遣責。他態度和善的問謙：「你確定自己只是沒帶門票嗎？」

謙用力點一下頭。

管理員說得更白：「你確定在場內有個屬於你的空位？」

「當然啊！」

職員轉頭看看正開小差的同事，他低聲地說：「那麼，快進去吧。」

兩人進入場內，謙滿臉感動的說：「原來，剛才有同事在旁，他才不能放我進去。」

他轉向火火說：「妳也該收回妳剛才的話吧？」

「什麼話？」

「他是門口狗那一句。」

「我不會收回自己說出口的任何一句話，一定不會，永遠不會。」火火態度卻非常強硬：「無論他私下對我們怎樣，他畢竟也是怯於強勢，成了欺善怕惡、恃強凌弱的同謀，不是門口狗又是什麼？」

謙苦笑起來，也不跟她爭辯下去了。

＊＊＊＊＊

這天是演唱會的尾場，由於觀眾們多次安歌，演唱時間延長很多。完場的時候，大量觀眾把紅館一帶堵塞，讓三人舉步維艱，到紅磡火車站的短短三分鐘路程，卻走了近十分鐘。好不容易踏上火車，謙頻頻看錶。

Oscar 察覺到他的異樣，便詢問了原因，謙告訴兩人，他母親只會等門至凌晨十二時。

「你沒有家中鎖匙嗎？」

「有。」謙說：「不過——」

「沒什麼不過——」火火在一旁看不過眼，「我一早就想罵你了，你到底幾歲了？母親說什麼，你也會唯命是從。她神經病，你也變得不正常了！」

謙默不作聲，Oscar 替他辯護：「我們這個年紀，吃的住的，每天用錢，通通都是父母配給。寄人籬下，怎樣對着幹啊？」

「我沒有叫他事事對着幹，但起碼要認清他那偉大的母親，哪一句是無理取鬧吧！」

火火警告謙：「否則，你只會被迫到無家可歸！」

這時，謙才打破沉默：「太晚回家，害我媽擔心，我也覺得不太恰當。」

火火嘲諷他：「很好，午夜之前就要離開！你變灰姑娘吧！」

謙神情有點受傷，但他故作輕鬆的說：「我們很少會玩到凌晨的啦。」

火火冷哼一聲：「對啊，從今以後，我們三人的節目，就是相約看日出。」

「謝了，我缺席。」Oscar 真受不了她的得勢不饒人，他打了個呵欠。

後來，謙到站要下車了，他在月台匆匆地跑，三步併兩步的跳上樓梯，讓火火愈看愈生氣。

車廂人不多，Oscar百無聊賴，用頭頂上的扶手欄杆做引體上升，他看到了火火的反應便說：「誰一開始也是這樣的吧。」

「怎樣？」

他升體十下，才跳回車廂的地板上，整個人精神一點，這才對火火說：「給他一點時間吧。要違抗家人的命令，一開始總會令自己也吃驚。妳一下子要求他的攻擊力由零升上一百，對他也太嚴苛了吧！」

「他滿以為自己是對母親千依百順。其實，這只是把他自己累壞的愚孝。」她憤憤不平說：「我真替他難過。」

「謙謙的性格有點軟弱，但他比任何人更善良。我覺得，在他身上的一切都是均勻的。」他說：「他有着我倆望塵莫及的優點。」

「連他的懦弱你也欣賞？你不覺得這是個莫大的性格缺陷？」她奇怪的問：「真的嗎？」

「真的。」

「你真慷慨。」火火喃喃地道：「也許，你比我更配當他的朋友。」

車子抵達Oscar要去的車站，當他走出月台，突然接到謙的來電，他講了幾句就迅速折返，順手把揹着的肩袋往車門一拋，正要關上的車門碰到異物，重新打開來。

Oscar對車廂內的火火，快速說了句：「謙謙今晚無家可歸，妳會來陪他嗎？」

火火想也不想，在車門合上前，便側着身子及時跳出車廂，由於她衝勁太猛，Oscar怕她跌倒，在月台上緊緊抱住了她雙臂，把她穩定了。兩人的鼻尖幾乎互相貼着。

火火把他用力推開，冷笑一下說：「哼，你怎知我不是在投懷送抱？」

「喂，你用頂頭鎚的姿勢，我怎知道自己的鼻樑會不會爆裂！」

「你不是喜歡轟轟烈烈的嗎？」

「抱歉點說，看對象而定啦！」

# 3

那是一種，受傷的感覺。

當謙上氣不接下氣的趕回家門前，時間是十二時零五分。這是他一生人首次那麼遲回家。他想開門，卻發現鑰匙根本放不進去，他以為自己拿錯了，後來才想到母親在門內塞了另一條匙，他被關在門外了。

急如鍋上蟻的他，猶豫了好一會，還是按下了門鈴，使他感到戰慄的是，他沒有聽見門鈴聲。他撥了家裏的電話，也沒聽見電話鈴聲，母親居然把所有他可以求饒的方法也截斷了，他也做不到在門外大吵大鬧。他氣餒極了，感到自己整個人縮小了。

由於，感受到莫大的委屈，他很想大哭一場，但這一刻的他，只是欲哭無淚。他走到寒風刺骨的街上，才真正意識到這一晚要露宿街頭了。他走進便利店內流連，在深宵無人的店內，只有一個收銀店員與他單獨相對，店員的目光總是在打量他，像提防他下一秒鐘就會偷竊似的，這種被夾迫的感覺讓他更難過。

捱了十幾分鐘後，他無地自容地步出店外，確定自己此刻很需要朋友，他打了一個電話給 Oscar。Oscar 沒一刻猶疑，答應即時趕過來。十五分鐘後，他就到達車站了，這使謙振作並欣慰。可是，當見到殿後的火火，他就心痛不已，用責備的眼神看着 Oscar。

Oscar 對他聳聳肩說：「我無法甩掉她。」

「怎樣？不歡迎我了？」

「妳是女孩子啊。」

「你這算是貶低我？」她悶哼一聲。

「我擔心妳。」

「擔心我，等同貶低了我。」火火說：「為什麼你不去擔心 Oscar？我最討厭男女不平等。」

謙心想：「看來，今晚是無法撇甩她了。」他想了一想，順應着她說：「無論如何，妳向家人說一聲。」

「沒此必要。」

Oscar說：「我也怕妳家人報警，我可不想變拐子佬。」

「我不會打電話回家。若他們關心我，他們會打我手機。我的手機電量充足，他們隨時找得到我。」她的態度強硬得不可理喻：「但有可能，直到明天早上，他們一點也沒察覺我沒有回家。」

Oscar向謙單單眼，「我很羨慕她。我剛才致電給父親，差不多要填寫申請表格，才能徹夜不歸家！」

三人商量去處，最後決定去尖東一家以豪華裝修見稱的卡拉OK，除了它每間房間內皆有私人廁所，房內的空間也比別家寬闊，他們預計必要時可在長沙發上睡一下，也算一舉兩得。

火火點的歌曲，在熒光幕上長達十頁，唱得興起時，她脫了鞋子，跳上大沙發上喧鬧吭歌，令身邊的謙和 Oscar 恍如身陷波濤洶湧的怒海。Oscar 等着唱歌時，玩點歌熒幕附設的常識問答遊戲，遇上不懂得的便問謙，他們幾乎每一題也答對，獎了一碟小食。

凌晨兩時許，火火放在茶几前的電話石破天驚地響起來，謙緊張起來，問火火：「怎樣辦？怎樣辦？」正在唱歌的 Oscar，放下咪高鋒，接着問：「妳要不要出房間去談？或者，我先把音響關掉？」

火火注視着手機，她想了十秒鐘說：「什麼也不必做，你繼續唱，別停下。」

謙和 Oscar 相視了一眼，Oscar 便看着熒幕上的歌詞，續唱下去，一邊看她怎樣做。

火火接聽後說：「我在同學家中趕功課，今晚不回家。」然後她說：「對，同學家中有卡拉 OK，我們需要唱歌提提神。」最後她說：「在趕功課，不想跟你談了，明早回去！」她掛了電話，就把它擲回桌上。

Oscar 用米高鋒揚聲說：「這也太過分了吧？妳睜大眼睛說謊！妳家人也相信啊？」

「那個是我父親。」她淡漠的一笑，「如果他不相信，就要花時間去求證了。問題是，他可不想花任何時間在我身上。」

「那麼，妳乾脆說自己去了卡拉OK啊！」Oscar始終不明白。

「我是替他想好藉口，讓他轉告給我母親時，不會出亂子。」

「太過分了！這是什麼樣的和諧之家啊？」Oscar重重嘆口氣，噴氣聲從咪高峰擴散，他說：「羨慕死我了！」

「Oscar，我們才羨慕你呀。」謙在一旁說。

「對啊，謙和我也妒忌你妒忌得要命！」火火竟也出奇地附和：「尤其，你有個好爸爸。」

Oscar對兩人一致的反應，感到啞口無言——他連質疑的笑話也講不出口——而同一時間，他彷彿覺得自己真是三人中最幸運的一個——他暗中替兩人感到難過。

雖然，他不知道幹地盤工的爸爸，到底有什麼好，但兩人像給他父親蓋了個品質保證似的印章，讓他也覺得自己的爸爸還算不賴。

早上五時多，卡拉 OK 要打烊了，三人以一曲祖母時代大熱過的合唱歌《火熱動感 la la la》作結。走出清晨時分的大街，地面是半濕的，好像不早前下過一場雨，天空露着魚肚白。

三人慢慢沿着海旁走，十五分鐘後已抵達文化館和海運大廈那邊，在星光行通宵營業的麥當勞裏買了早餐，走到海旁一邊望海一邊吃。整個維港一股宿醉未醒的氛圍，對岸的一切景物都是曚曨的。

火火說要去便利店買口香糖，謙和 Oscar 捧着溫熱的咖啡，雙雙坐在海旁的欄杆上。這時候，整個世界開始明朗。

謙深深呼吸，遠眺着大海，忽然感觸地道：

「不知道將來，我們仍會一直是好朋友嗎？⋯⋯⋯⋯⋯⋯」

Oscar 喝了一口咖啡，斜眼瞄他一眼，整晚沒睡的他樣子累壞了，Oscar 不會不明白他的心情，他一手用力搭着他的肩膊，對他說：

「我父親告訴我：**男人之間只要不搞生意、不爭女人，友誼便能永固。**」

「你父親說得對。」謙用力點一下頭，跟 Oscar 約定似的說：「將來我生的兒女，一定要介紹給你的兒女認識。若是同性，就給他們做兄弟或姊妹；要是一男一女，就給兩人速配成情人。」

「很高興聽到你的未來大計，連我的下一代也照顧周到。」Oscar 開懷笑了，又有點感觸的說：「但我不一定會結婚，因為——」

「你們兩個怎麼熊抱對方，在說男人的秘密嗎？」

火火忽然從 Oscar 身後跳出來，用小腹貼着欄杆，彎着身子看兩人。

「是啊。」兩人笑着，異口同聲的說：「秘密！」

「把我當透明啊，你們繼續。」她把身子向後縮回去，不讓兩人見到她。

謙不知該怎樣說下去，Oscar 故意要惹她生氣，繼續搭着謙的肩，用說秘密的語氣說：「記住了，我們男子漢啊，永遠不要滿足女人的欲念，最好不斷給她捱餓，久久才給她一塊橙皮。因為女人是最貪心的動物，你上次給她買了 Levis，她今次就會希望收到 LV，試問你下次又能給她——」

不出所料地，火火不待他説完，已衝口而出：

「與其説男人要滿足女人的欲念，不如説，男人用這種物質的供應去安慰自己的自尊！」

Oscar 轉過臉看到身後的她，瞪大雙眼驚異地説：「咦？姑姑，妳上一秒不在，為何突然出現了？鵬兄載妳來的嗎？」

火火用盛載口香糖的膠筒敲打他的頭，讓他吃不消地兜着走，幾乎沒掉進海裏去。

三人停下來，由於徹夜不睡害怕有口臭所以都在嚼口香糖。但他們十分高興看見陽光冒出來，打在身上的熱力逐漸增強使三人感到這一天有了新的希望。

由於誰也沒法把這種感受清楚描述，所以反而像吸收紫外線似的把感受長留心中。

Oscar 建議説，誰下一次要離家出走，就來這裏集合，其他兩人即時答應。

早上七時正，謙見兩人都太累了，他知道母親每天都在這個時間醒來，他想致電回家，卻又顯得猶疑不決。

火火說：「她再不開門，我替你家報警說發生火警，讓消防員替你用消防斧把門劈成兩半。」

「我負責放火。」Oscar 舉手。

謙知道兩人說笑，但也給嚇醒了。他走開幾步，在火火和 Oscar 聽不見的距離外，致電回家，電話響了半分鐘，母親接聽了電話，她喂一聲，謙反而啞了聲，一句話也說不出來，母親說：「你可以回來了。」

「對不起，媽媽，我儘快回來。」他大喜過望。

三人乘火車回家，向先下車的謙揮手道別。車子開動了，謙一直目送着車尾變成一個小圓點，直至它完全消失為止。

接着，他向車消失的方向欠一下身，神情顯得嚴肅恭敬。

他慢慢步行回家，細細感受着昨晚的一切一切。他昨晚受了很重的傷，火火和Oscar彷彿替他施手術了，替他做了分秒必爭的急救，奇蹟地把他救活了。他渾身都痛，痛得眼淚還沒流下來，他們就已經逗回他笑了。等到他痊癒了，穿白袍的二人在醫院門口目送他回家。

他不需要天使，天使是大家的。

他需要的是這兩位朋友，朋友才是自己的。

很害怕會成朋友的累贅。
但使自己感動的是，
只有連累了朋友，
才能測試出自己在他心中的分量。

# 第3章

# 愛一個人不一定會得到愛，卻一定得到實戰經驗

我們不像去兌換店，
不是付出了就能得到同等價值，
愛情也沒法子用愛情交換。

愛一個人反而像打電玩，
就算最後總以 Game over 告終，
但一定會得到珍貴的經驗值。

# 1

三人的首個暑假，協議去一趟外地旅行。

由於三人的零用錢有限，預算不多，打算參加最便宜的台灣短線遊。走了多家旅行社，找了一大疊報團的資料，甚至仔細研究了晚上要怎樣睡。

由於三人總有單出來的一個，誰也不願與陌生的同性團友同房，三人決定要同房，但為了兩張牀的分配而展開激烈爭辯。

火火霸道地說：「還有什麼懸念？你倆睡一張牀，我睡在另一張。」

「不公平啊！」Oscar 說：「既然妳要求男女平等，為何又要厚待自己？」

「我只是為了你們着想。」她說：「誰要跟我睡一張牀？我可沒關係。」

Oscar 用力地點一下頭，他深深凝視着謙說：「謙謙，我寧願跟你睡！」

謙想了一想，怪不好意思的說：「我想，我也一樣。」

「唉，你倆真是好一對難捨難離的孿孿小情人！」

Oscar 掃掃下巴的鬚根，「其實，三個人睡也無妨。」

「不怕我半夜起牀『搞』你們嗎？」

「我試過被鬼壓，再試也不心驚了。」Oscar 嘻嘻地笑。

火火冷哼一聲：「好，我們就把兩張牀貼在一起，三個人睡兩張牀。」

謙見兩人說得斬釘截鐵，他吃驚地問：「火火，妳說認真的啊？」

Oscar 安慰他，順便挖苦火火：「放心，我保護你。」

謙難得說出了真話：「Oscar，不瞞你說，我就是怕你啊！」

火火聽到謙突如其來的冷笑話，爆出石破天驚的笑聲。Oscar 心有不甘的向謙施迷暈鎖，笑着生氣問：「怕不怕？怕不怕？」謙給他從後箍住了頸，他投降說：「怕了。」Oscar 不滿意：「答錯了，再答！」謙說：「不怕了！不怕了！」Oscar 說：「不怕？這也不怕？」他用手指骨節敲謙的腦袋，敲得咯咯作響。「何方妖孽上了你身？出來！快出來！」謙露出苦楚而歡愉的表情。

三人各自告知家人有關旅行的事，火火和Oscar順利獲得批准。謙卻沒法通過母親那一關（火火和Oscar最壞的預計還是成真了），母親扣着他的護照，叫他打消這個念頭。

火火不悅地問：「她用什麼原因？」

「我沒有問。」謙很失落：「她說了不准，就不會改變主意了。」

火火煽動着說：「那很簡單啊，管她心裏在想什麼，你就偷回護照，對她說你只是去了離島露營啊，我們偷偷出發去台灣。」

Oscar覺得旅行計劃變得無趣，對火火的話更感沒趣了，他一針見血的問：「妳認為這樣子，旅程會玩得開心嗎？」

「最開心的是，在整個旅程中，他母親也會氣得七孔生煙啊！」她理想當然的說。

Oscar搖搖頭，冷靜下來說：「恐怕我們回來時，他母親已換過了門鎖，他永遠也不用回家了。」

「真討厭！電話拿來，我親口跟你媽交涉。」火火向謙攤開了手掌，大興問罪似的。

「放過謙謙啦！」Oscar 打了一下她的手掌，「就算不去旅行，我們還有很多暑期活動。」

謙一直感到疚歉，向兩人說：「對不起，我太掃興了。不如你倆去好了。」他愈說聲音愈細，自知說了不成立的話。

「我們要就一起去，要就一起不去好了。」Oscar 爽快地說：「台灣不會陸沉，遲一點去又有什麼好損失的？」

火火毫不掩飾自己的失望和不滿，她說了晦氣的話：「恐怕要等到他母親死掉那一天啊！」

Oscar 看到謙的臉色在瞬間沉下去，他從沒看見他流露過這種神情，那種驟變的程度，像風平浪靜下捲過來的一場海嘯。他心裏吃驚的想，火火的話鐵定會傷了兩人感情。

他敏捷地作出了反應，揶揄火火：「怕只是怕妳的命太短，根本等不到謙謙和我替父母送終的那一天！」

火火半點也不覺自己的話有問題，她揚起一條眉，不服輸的說：「是嗎？我正想告訴你們，我連參加你倆葬禮的帛金也準備好了！」

這時，謙冷冷說了一句：「葬禮是『出席』，不是『參加』。」

火火把口中的香口珠吐到老遠的路邊溝渠，相當沒趣的說：「謝謝你的提醒，禮儀師！」

Oscar 笑了，心知謙已藉着嘲諷火火，洩了心頭之憤吧。他乘機打圓場：「這樣吧，我們三個人，誰要是先死，留下的二人要燒給他／她一張機票。」三人均爽快地答應。

Oscar 暗暗吁口氣，慶幸自己把危機（也許只是他自以為是的危機）輕輕帶過去，一切總算有驚無險。但與此同時，他真正明白到母親在謙心中有無限大的地位。

他在心裏叮囑自己，必須好好留意這個禁忌。

## 2

暑假剛開始不久，火火忽然問 Oscar：

「喂，我和你拍一個暑假的拖好不好？」

Oscar 不知她說笑抑或認真的，他只感到她這天的心情有點憂愁。他想了想，反問她：「也就是說，我們在七月和八月份還是好好的，一到了九月一號，我倆就形同陌路人？」

「也不是陌路人啊，我倆還不是會繼續做朋友啊！」她說得輕鬆。

「我當然不答應。」

她一臉不明白，「為什麼？」

Oscar 不答反問：「如果妳要找個義工男友，為何不去找熱心公益的謙？」

「因為……他太認真了。」

「謝謝妳繞了個大圈，去嘲笑我的不認真。」Oscar逃難似的說：「我才不想成為妳的暑期活動！」

火火本來要問：「喂，如果你真是一份暑期作業，你怎知道我不會做好它？」但是她看了看手錶，打斷自己的話，「當我沒說。我今天開始去H&M做暑期工了。」

「記得睜大雙眼，看有沒有英俊的男同事。」

「幫你留意的嗎？」

Oscar有熱度地笑，「不用。我有謙謙一個，便已心靈豐足。」

「好噁心！我到底交了什麼朋友？」

然後她就跑走了。

她留下問號就不了了之，Oscar心裏卻無法做到無知無覺。

由一開始到這一刻，他首次對她有了一種奇怪的情感——又或者，只是一種虛無的想像也說不定——他幻想如果火火真的做了他的女友，他的世界將會變成怎樣？

他還沒真正想到概括，腦袋已硬如石頭。在一切模糊不清之前，他想到的只有「破•壞•」兩字而已。他不想繼續去破壞，便拒絕再想下去了。

那是由於：

**第一：他和謙、火火之間的關係很和諧，他喜歡這個現狀；**

**第二，他知道謙喜歡火火，他並不想去喜歡她；**

翌日下午，足球訓練完畢後，謙和 Oscar 喝着寶礦力，Oscar 鼓起一點勇氣，決定將這件事告訴謙，謙聽完居然若無其事說：

「哎啊！她前天也對我講過同樣的話！」

昨天，火火對他提議了這個「愛情暑期作業」，原來在前天，她已跟謙說了。

Oscar 覺得啼笑皆非，又深深不忿，「哼！我還以為自己得天獨厚，原來只是你的後備啊！？」

「真奇怪啊！」謙說：「我問她為何不找你，她說你太不認真了。」

「原來，我倆都被耍了！」

謙想了想，很明白似的說：「只不過，在她這個年紀，想拍拖也很正常。」

「做她的初戀實驗品嗎？」Oscar 用力的搖頭，堅定地表明立場：「犯不着啊，太冒險了！」

「如果她真要拍拖，我以朋友的立場——」

謙的聲音頓一下，看了 Oscar 一眼，「若可代替她選擇，我寧可把她交託到你手中。」

「因為，我太不認真了嗎？」Oscar 記起火火對謙說過的話，故意這樣說。

「因為，你總能帶給她快樂。」

Oscar 馬上說：「她要的不是快樂。」

謙沒懷疑 Oscar 的想法，他只是往下問：「她要什麼？」

「**實戰經驗**。」

3

暑假過了兩星期，三人相約吃薩莉亞，當三人走到自助飲品吧拿了任添的汽水，坐定以後，火火告訴謙和Oscar她拍拖了，兩人同時愣了一愣，面面相覷。

Oscar急急問那人是誰？不出所料，真是她做暑期工時認識的男同事。

「他很帥的嗎？」Oscar問。

「比起你兩個加起來還要帥！」

「謙謙和我賣才氣的，切勿用帥或不帥這個標準，沾污我們高雅的靈魂。」

她笑了，「哦？那很遺憾，我一點也沒發現！」

謙遲疑一下才問：「妳認識他才兩星期吧，那麼快決定拍拖？不會太過草率了嗎？」

「我血氣方剛，事不宜遲啊！」火火說：「既然，我也不要你們了！」

她興高采烈地拿出手機，給兩人看她和男朋友的合照。他的而且確是眉清目秀，鬛像某個韓國男明星的臉孔。她的表情則像買到了限量發行的名牌手袋。

由於是自拍，兩人的臉和身子都湊得非常近。

Oscar突然想起那次三個人拍貼紙相的情況，他心裏感到不舒服，他不知該不該當着謙的面問，但他還是忍不住問：「他有約妳去離島玩嗎？」

「為何這樣問？」

「小姐，錯過最後一班船期，就可借故跟妳度宿一宵啊。」

「哦，你在說那種事啊？」火火笑了，「長大了囉！說這些事也會怕羞啊？」

Oscar無奈一笑，「怕羞啊！」

「不用那麼老套啦。」她說得放肆任性：「他獨居，要做什麼的話，他家裏有地方啊。」

Oscar一直留意着謙的反應，可能太突然了，他根本還來不及反應，整個人呆呆的。

Oscar害怕謙會受太大刺激，截停了她的話：「喂喂喂，我受夠了！我可不想聽妳的閨房樂！」

謙這時反應一聲：「我也一樣。」

「問題不是由你提出的嗎？」火火真是莫名其妙的：「不是說過，我們什麼也可以聊的嗎？」

謙看着Oscar，Oscar對她無理地道：「除了，太過無聊的事情以外！」

「你們妒忌了是不是？」火火突然意味過來，一臉興奮的看着兩人，雙眼閃呀閃的，「是不是？是不是？」

Oscar沒好氣的否認了：「不是，我怕作嘔。」

謙也趕忙說：「我也一樣。」

火火看着兩人失措的反應，感到心靈滿足。

當她去一趟洗手間時，放在手袋裏的手機響起來，謙Oscar正談論她拍拖的事，她未回來，響聲也一直沒停止，Oscar給吵得不勝其煩，便伸手進她手袋內搜，欲要幫她的手機調去靜音，卻發現這不是誰的來電，原來是一個提示鬧鐘，鬧鐘寫着提醒的細節：「明晚記得攜眷參加小學舊生紀念日」，下面還寫上時間和地點。

Oscar 遞手機給謙看看，謙又更正：「不是『參加』，是『出席』。」

「不是看這些，什麼是『攜眷』？」

謙的中文成績優等，他說：「眷，即親屬的意思。」

「我們算不算是她的『眷』？」

「應該不是，攀不上邊啊！」謙卻說：「她所指的，該是她那位新男友。」

「失望死了！」Oscar 把手機的響聲按停，擲回她的手袋裏，恨得牙癢癢的，「我真想去看看她的小學同學……當中可能有一個半個是絕色美女！」

火火折返後，Oscar 絕口不提此事，厚道的謙更絕口不提。Oscar 很希望火火會開口邀請他倆出席舊生聚會活動，但她並沒有。

＊＊＊＊＊

翌日下午，Oscar 用要買新球鞋的藉口約了謙出來，兩人在旺角的運動品店消磨了幾個小時。到了傍晚時分，Oscar 把他引到朗豪坊的高級酒店內，謙還以為 Oscar 要借用廁所，直至 Oscar 東張西望地說：「火火的小學舊生聚會，就在這裏舉行。」

謙這時恍然大悟，「我們要去偷看嗎？」

「喂，你不想親眼看看她男友嗎？」

他想了一想，倒是很坦白：「也不是不想，你選新波鞋我也想幫幫眼，何況她選男友。」

「我卻沒興趣。」Oscar 自欺欺人地說：「我只想看看，能否結識到美少女。」

向酒店的接待員查詢後，Oscar 才得知他滿以為是幾個舊生的約會，原來竟是全體舊生的大規模聚會，足足佔據了一個幾千呎的宴會廳。兩人走到門口，看到裏面近百人的陣容，再看看入場的男女，原來都要出示邀請卡，知道潛進去的機會極渺茫，只能望門輕嘆。

在宴會廳裏的火火，挽着她那「明星臉」男友，在舊女生群中耀武揚威。當她繞場一圈，贏盡了艷羡的目光，她就放心下來了。當「明星臉」走進洗手間梳頭之際，一名總是瞧不起人的三八，拿着一杯雜果賓治，走到火火身邊來問：「火火，你和男友拍了很久拖了？」

火火對她說了老實話，他倆的戀情只開始了短短一個星期。

三八半試探半挖苦着她：「真想不到啊，在一群女生中，我最看好妳，滿以為你十三歲就有男友了！」

火火說得漫不經心：「十三歲？我已經在拍第三次拖了。這個是最新的。」三八哦了一聲，便再找不到嘲諷她的話。

**要對付這種瞧不起人的人，最好的辦法就是更瞧不起她。要是妳膽怯，她就會得寸**

**進尺；要令她噤聲只有一個辦法，就是每件事也做得比她挑剔妳的更好，她就會懷疑自己再說下去，是不是在自討沒趣。**

就在這時候，面對着宴會廳入口的火火，彷彿看到有人在向她大力地揮手，看清楚一點，是謙和 Oscar，她莫名其妙的走向他們。

Oscar 對着欄截他們的工作人員沒好氣地說：「好了，你們問她就好，我倆是不是來表演的？」

火火合拍的說：「他倆是今晚重金禮聘的表演者。」工作人員便不再留難了。她把兩人拉到場中的一角，對 Oscar 說：「你最好從實招來。」

關於在薩莉亞無意中見到那個鬧醒，Oscar 坦白招認了。火火不怒反笑：「你們真的妒忌了！」

「是好奇！」Oscar 始終不肯承認，他胡扯說：「妳有舊生聚會，我和謙謙也沒有，以前的同學好像死清光的，因此感到太好奇了！」

臂。

火火笑着威嚇說：「小心，好奇會害死貓！」她伸出尖尖的指甲，作勢要刮他的手

謙想看火火的男友，他問：「對啊，妳男友呢？」她環顧會場，發現他藏在一群女生堆裏，正跟幾個特別亮麗的女子談得不亦樂乎。女孩子們也紛紛向他投以饒有意味的目光。火火的聲音悻悻然的：「嗯，他正在光明磊落地勾引其他女人。」

Oscar遠遠的看着那副明星臉，他在滿場年齡相若的男生中，輕而易舉便能脫穎而出。Oscar提醒火火說：「無論在妳的視線範圍內外，以他那種明星臉，走到哪裏也會惹桃花的吧。」

「要不要介紹給你認識？」火火說：「也許，我能夠撮合你們。」

Oscar告訴謙：「**妒忌中的女人，像一塊燒紅了的炭，一觸摸就注定要燙傷的。**」

謙看到火火那股妒火中燒的眼神，不敢做任何回應。

三人走向「明星臉」，他一派氣定神閒的。火火木着口面，對他說：「這兩個是我

的好友，他們來替聚會表演助慶。」

「明星臉」向謙和 Oscar 投以冷淡的一笑，馬上就不看他倆，對火火說：「妳的舊同學，跟我住同一條街。」他向一個腿長腰細的女生抬了抬下巴，女生露出滿足的笑容來。

「是嗎？」火火挖苦着說：「你們家中有沒有養狗？不如相約一起放狗吧？」

長腿女生喜出望外地說：「我家有兩頭狗，你也有養狗嗎？」

「明星臉」說：「正考慮要不要養一頭。」他完全無懼火火的反感，反過來挑戰她似的。

火火正要發火，舞台上的司儀卻開始發言，正好讓她冷靜下來。後來，四人坐在同一張大餐桌，除了謙和 Oscar，桌上其餘十人都是一雙一對的。

那三八向大家說：「小學畢業那天，我們便已約定在今日再見，並會攜同男友出席。今天，在座各位總算做到了！」她舉杯，眾人高高興興的和應。

Oscar聽到這些話，突然聯想到火火急着拍拖的原因了，他的神情變得甚是不爽。聚會去到一半，「明星臉」接聽了一個電話，他對火火說有急事，以迅雷不及掩耳之態離場，誰也沒留得住他，這也包括火火。席上都是一對一對的情侶，Oscar能看出女生們也捨不得他。

Oscar替火火可惜，在這段關係上，火火的氣燄派不上用場，顯而易見，「明星臉」完全壓過了她。

千篇一律的抽獎遊戲過後，司儀邀請觀眾上台表演，說笑話也好、唱歌也好、講感受也好，台下的觀眾反應零星。

席上的三八望向謙和Oscar，作弄似的問：「對啊，火火不是把你們帶來表演助慶節目的嗎？你們也不打算白吃白喝的吧？打算表演些什麼？」

謙和Oscar互視一眼，Oscar明知推辭不了，他向三八婆從容地笑，「放心，我們當然不會白吃，一定付回自己的一份錢。」他搭着謙的肩膀說：「還有的是，我們本來打算表演二重唱，但我拍擋今天感冒失聲，所以，我想獨自上台表演。」

火火和謙一同瞪着Oscar，她一半懷疑一半擔心的問：「表演？你要表演什麼鬼？」

Oscar走到她耳邊，用只有她才聽到的聲量說：「就當作是送妳的。」他走到謙耳旁，充滿感情的說：「也送給你。」

Oscar高高的舉起手，司儀請他上台，觀眾們均報以熱烈掌聲。他充滿活力的跳上舞台，跟司儀說了幾句，司儀把咪高鋒交給了他，獨留他一人在台上。

Oscar清了清喉頭，似跟朋友說話般，用充滿感情的語氣說：

「各位，我並非這家小學的舊生，卻出現在這個聚會裏，甚至，我可以站在大家面前說上一番話，我覺得這是個不小的奇蹟。」

「我父親常常教訓我，人自幼如果沒有得到良好的教育，就不會有待人友善的修養，長大後一定會變成暴戾的人，由於性格暴躁而令細胞突變，他們會很早得癌病的。」

Oscar擦了擦鼻子，續說下去：

「我是在那種爛透的小學裏成長的壞學生，同學借了錢便永不歸還；帶漂亮書包回校的第二天就會被刀片割破；發育較遲的會被欺凌得不似人形。因此，我努力想討人歡心，那種努力等於要在火場救出一具屍體，救出了得不到欣賞，救不出更可能燒死自己。所以，我慢慢就拒絕再付出了。不付出以後，更加不要期望別人對我好。而我以為，我一輩子就會這樣過去。」

「可是，直至我認識了你們其中一位校友，那人就混在你們中間，那人令我對友情改觀。我不是你們學校的舊生，但我但願我是，那麼我可能會對朋友這回事提早改觀，少受一些苦。但就算不是，因為很喜歡那個人，我也很喜歡你們的學校。」Oscar 的語氣顯得有點激動：「我想說的是，我想感謝你們學校的每個師生（他轉頭看看台上佈景板上的小學名稱），你們成功了！你們令一個不再相信友情的人，交了最好的朋友！」

「我一直沒有表達過我的謝意，因為，那令我好像得了『香港先生』的季軍似的，也不知該不該吻賀那可惡的冠軍。但我心裏還是滿感謝那人的，那人在我心裏早已是冠軍人物了。真的，就算在測謊機面前，我還是會說同一番話。

Oscar 遙視着謙和火火在座的那一檯，停頓了三至五秒鐘——台下掌聲不絕，幾名出席的老師也被感染了，為他輕輕拍掌。

然後，Oscar 說了總結：

「我有更多的話想說，但這畢竟不是免費入場的佈道大會，用不着考驗大家的信念和忍耐力。我現在唱一首歌，然後，在大家轟我下台之前，我會好像被揭發尋歡的政府高官一樣，自動自覺的請辭。祝你們今晚愉快，謝謝各位！」

台下發出了笑聲，更有人為他吹口哨。

Oscar 向站在舞台旁邊的司儀示意地點一下頭，音樂便奏起。

火火一聽前奏，整個人怦然心動。謙讚嘆地說：「火火，這是妳最喜愛的歌曲啊！」

火火失去所有的反應，在心裏大叫一聲：「媽的！他這個人真是！」她只是呆呆地聽。

那是她最喜愛的一首歌《You Raise me Up》，每次卡拉 OK 時總會唱一遍，在臨走前不捨的多唱一遍。她常常想拉 Oscar 陪她唱，一向不會點英文歌的 Oscar，總說自己的英文太差勁了所以推辭。但原來，他竟把歌詞暗中背熟了。

……………………

他沒有在她耳邊唱，他在一百人面前對她如泣如訴的唱。

Oscar 逐句逐句的唱得字正腔圓，即使有幾個高音唱得頗吃力，但他也投放了極深的感情。

謙邊聽邊輕輕唱和，想起 Oscar 說那是送給他的歌，他心裏有着分外的感動。

Oscar 剛才的一番話，也正正是他的想法，但他知道自己沒勇氣當眾說出口，也因此，Oscar 讓他感到更大的驕傲。

當歌曲到了副歌的空檔，三八湊過頭來，對火火說：「討厭，我本來不喜歡他，但他真是個讓人無法討厭的人。」

「他的確是。」

「所以，我不明白妳為何選一個像深圳翻版A貨明星但性格討厭的男友。」三八說：

「換作是我，我選台上那一個。」

謙與火火坐得近，當着謙的面，她語調輕佻的說：「台上那個人？他嗎？我留給妳好了。他充其量只會是我的好友吧！」

「為什麼？」那三八說。

「為什麼？那不是顯而易見？」火火冷笑一下說：「因為，他根本配不起我。」

這個時候，歌曲配樂完結，Oscar 續唱下去，兩人便停止說話了。Oscar 唱罷後在熱烈的掌聲中下台。

Oscar 坐回餐桌中，在座的眾人也跟他主動攀談，大家也激賞他剛才的演出。Oscar 笑笑說，他已把這段台詞排練了很久囉。只有火火和謙才知道，哪裏是台詞，話都出自他肺腑。

火火去洗手間的時候，謙隨着去，他在半途攔截着她，遲一秒鐘說也等不及了，「妳剛才的話，很傷害 Oscar。」

她皺一下眉笑了，「什麼嘛？他怎麼會知道？除非你把我的話轉告他。」

「不是這個問題。」謙說：「並非 Oscar 會不會知道，有沒有聽到的問題。是妳在背後這樣看他，到底對不對的問題。」

火火對謙的無理取鬧感到無可奈何，但她看得出他眼裏的異常認真，她發覺如果強硬地自辯下去，只會愈描愈黑。腦子裏仍裝滿 Oscar 剛才的話的她，破例地好言好語：「我剛才說的，都是應酬話。」

謙看着她，希望明白更多。

火火對老實得過火的他說白一點：「對於她那種賤人，交心是不可能的。」

「我還以為你倆是朋友。」他的神情緩和了一點。

「這輩子不是。」她說：「下一輩子也不會是。」

謙彷彿明白過來了。

「無論如何，Oscar 怎可能跟我做男女朋友啊？你放過我吧！」火火輕鬆一點，又開始挖苦 Oscar。她看着謙說：「難道，你看不出 Oscar 很喜歡你？」

「他只是玩玩而已。」謙用替 Oscar 辯護的語氣說：「**我們很親密，常常混在一起，可以喝同一樽水，但這只是男人之間的友情，我知道他喜歡女孩子。**」

火火掀起一個不大相信的微笑，「但也未必代表他喜歡我。」

「如果，我知道他喜歡妳呢？」

「我會覺得，他破壞了我們的友情。」

聽到這句話，謙終於無言以對。

把愛情的告示貼在朋友的標籤之下，
也許是件最溫柔的事。

幻想對方終有一天撕開標籤，
看到自己真正身分時的那個，
偷笑的表情。

# 第4章

# 如果並非實至名歸，我不能接受你的吻

任何一個吻也可引發危險，
必須確認親吻的性質。
否則不是誤會了想幹什麼，
就是被誤會接受了什麼。

更重要的是，
不要欺騙自己的說：
那是一個沒任何危險的吻……

# 1

暑假期間，Oscar 找了一份當救生員的暑期工，薪酬不薄，但他喜歡的是寓工作於娛樂，每天在救生台上看穿比堅尼的美女，有時會用望遠鏡看個清楚。

總結下來，他一共救起了三十四個遇溺的泳客，輸給一個皮膚白得像光管、剃了腳毛，卻救起了五十八個泳客的救生員。Oscar 歸咎於自己是個太幸運的人，因為「光管男」救起的不是小童，就是不自量力的老人，他救起超過有一半是少女，以技術性來計算，他還是擊倒了「光管男」。

謙本來打算替人補習，但要先得到母親同意，母親反問了他一句：「我給你的零用不夠？」他就說不出話來了。最後，他反而去了上補習班（他說他自願，但 Oscar 知道他顯然是被逼的）。由於是補習全部科目，每天由早上一直補習至傍晚。

Oscar 永遠不明白謙母親還要他補習什麼。

讀A班的學生，本身已是最頂級的高材生。

若以全級排名，考第三名的是A班的許純美，傳聞她的智商高達135-159，屬前美國總統克林頓的水平，更有過目不忘的能力。謙對Oscar說過，他對她衷心佩服；考第二名的謙，他靠的全是勤奮。尤其，在臨考前的兩周，凌晨三五時，仍在電腦前玩Online遊戲的Oscar，總會在Facebook的Messenger，見他仍是「在線上」，他幾乎是夜以繼日的讀，因此，Oscar深信他實至名歸；最荒謬的是，全級考第一的，是一名讀B班只有八歲的神童。他由小學五年級一下子跳班而來。自從他來了，將整間學校弄得翻天覆地。

與八歲神童讀同一班的火火，總是語帶諷刺的告訴Oscar：連謙也敵不過那個帶Stitch卡通飯盒上學的小童，我們這群平凡人還有什麼希望可言?聽了這句話，Oscar倒覺得安慰，並即時原諒了考全級倒數第十五名、幾乎要給擯出銀河系的自己。

暑假期間，謙和Oscar偶爾會在晚上約見，謙總是快累死了，吃過飯便回家了。火火都在拍拖，有大半的精神、時間花在「明星臉」身上，上班時見着他，下班後也陪着他，

兩人約她幾次都給推掉了。

有一天，Oscar 救不回一個在浮台附近遇溺的十四歲少女。就在那天晚上，Oscar 再約火火不果，當着謙面前，他突然間生氣起來，在電話中痛罵她：「妳抱住他去跳崖好了，妳心裏已經沒有朋友了！」火火不忿氣的說：「對啊，我不期望有朋友把我從崖底撈上來！」

Oscar 不想說，便掛斷她的電話，用力的擲下手機，手機的電池和手機殼也給撞開來了，謙只是默默地替他收拾，把手機安裝好，但火火沒有再打來。

＊＊＊＊＊

三天後的夜晚，當謙補習後回家，很詫異的見到了火火，她正在他居住的大廈前徘徊。

這樓宇是區內罕有的豪宅，保安森嚴，外人難以潛入。

謙心裏想，火火不會貿然到來，一定出大事了。他儘量令自己保持從容，三步併兩步的跑到她面前。

在昏黃街燈的映照下，她的臉和唇竟是蒼白的，他什麼也還未知道，整個人已給嚇怕了。火火告訴他，她和「明星臉」分手了。他想要安慰她。但火火不待他開口，突然像決定了什麼重要事似的，斷然地說：「分手並不重要，我想說的是──」接着，她說了讓謙感到震驚的事，他有足足十秒鐘啞口無言。

她用一句話作結：「不要告訴 Oscar。」

「為什麼？」

「因為，我知道以 Oscar 的性格，他會去殺掉他。」

謙很想把她安置到家中，捧一杯熱茶給她，如果有需要的話更會擁抱她，給她切實的安慰。但母親此刻正在家裏，這事變成不可能。他只好把她帶到附近的 Pacific

Coffee，買了一杯熱咖啡給她。

他走出咖啡室門口，給母親一個電話，說明自己遲歸。母親說：「你兩小時前說好會回家吃飯。」

「媽，對不起。我朋友出了事。我需要陪伴朋友。」

「你不需要朋友。你馬上回來。」

「請替我留着飯餸，我今晚會回來吃。」謙一生人首度作出反抗。他說：「媽，對不起，我先掛線。」他靜靜掛了線。

當他轉過頭去，看到陷進紅色大沙發中的火火，他突然覺得自己只配講些老生常談的話，自己也誓將幫不了她什麼，他轉過身，背對着她，致電給Oscar。

Oscar在沙灘乾曬了一天回家，正在家裏倒頭大睡，接到了謙的來電，電話內容使他大驚失色，他往那個網站一看，找到了那一段由「明星臉」放上去的片段，一股怒火直衝上Oscar的腦袋，他整個頭也在發燙，整個背脊卻是冰涼的。

短短幾分鐘的片段，他好不容易才看完了。

他把 LCD 熒幕關掉，然後又記起自己並沒有關上電腦，影片還是會繼續播放，他就把電腦關上了，跌坐在椅上，有至少五分鐘僵住了，手腳也不像是自己的，一動也不能動。

當他恢復了活動能力，披了件衣服就馬上出門，像一陣風似的。

謙掛線前的一句是：「我應該去找那人，但我不敢。我不懂得面對，更無法獨自處理，請你來幫我們。」他截了一輛計程車，直赴謙家附近的 Pacific Coffee 門前，放下了一張百元紙幣，請司機稍候一下，就跑進店裏去了。

火火忽然看到 Oscar 出現，想要嚴厲的責怪謙。

Oscar 氣沖沖的走向她面前，她預料要跟他吵。但出乎意料的，一張表情硬繃繃的 Oscar，擠到了她身邊來，與她同坐一張單人沙發，一把就將她抱在懷內，疼惜的說：「姑姑，我叫過妳要萬事小心呀！」

火火感到他雙臂的壓逼，感到一陣莫名的安全，她在他的肩膀內說：「你只叫我要小心避孕！你為何不提醒我不要拍這些片段！」

「我忘記提醒妳了，是我不對。」他把她抱得緊緊的，在她耳邊說：「對不起，很對不起！」

謙看着火火和 Oscar，他雙眼早就通紅了。

*****

火火帶兩人到「明星臉」的家，由火火按了他的門鐘，「明星臉」聲音冷得很：「又什麼事？」她依着 Oscar 的指示說：「我想見你。」

待「明星臉」打開了門，藏在門旁的謙和 Oscar 便衝進去。Oscar 不說二話，先給「明星臉」的臉孔猛烈的一記直拳，頓失反擊能力的他跌進屋裏去，用雙手掩着口鼻，坐在地上，大量鮮血從他指縫間滲出。

火火從沒看過Oscar這份狠勁，她整個人呆住了，當她想隨着兩人走進去，Oscar卻用了相當大的力度，把她推出門外，然後關上了鐵閘，叫她到後樓梯去等。

隔着鐵閘空隙的她嚷道：「你想怎樣做？」

「做我該做的。」

「你不會——」

Oscar告訴她：「我會。」就像不容許她求情似的斬釘截鐵。

他看了她最後一眼，那個像野獸般的眼神讓她感到戰慄，然後，他狠狠地把大門關上了。

Oscar向「明星臉」拳打腳踢，逼令他刪掉所有片段。謙眼看着Oscar失了理性的狠勁，一早給嚇壞，他本以為大家是來談判的，他慢慢的退縮到門後去。「明星臉」最初表現倔強，還要自辯的說：「你也是男人，你一樣會這樣做！我們沒有分別！」直至

Oscar亮出了萬用刀，用鋒利的刀尖對準「明星臉」的眼球，對他說：「你希望別人看到，還是你自己看不到？」

「明星臉」終於屈服，把電腦開啟了，並把他放上網的片段刪除了。

謙害怕釀出意外，請Oscar把刀交給他，Oscar此時也冷靜了一點，他恐怕自己衝動誤事，也就把刀交出來了。

用毛巾掩着臉的「明星臉」，對Oscar說：「我已經把片段刪掉了，也給你好好教訓了，你還想怎樣？」

Oscar替火火難過起來，他呆呆地說：

「我還想怎樣？你應該問，我還能怎樣？你喜歡為這段感情留個紀念嗎？那給自己留念就好了，為什麼要將這些片段公諸於世？你當初是為了什麼而拍的？還是你一早就打算公開的，威脅她什麼？你不知道的是，你會毀了一個女孩！」

「明星臉」彷彿知道自辯下去也無補於事，只會招來更厲害的毒打而已，他緊抿着嘴巴，不吭一句。

Oscar大概也知道教訓下去也枉然，他悲傷的說：

「如果我沒有家人，是的，如果我在這世上孑然一身的話，我一定會殺了你……一定！」

一直在Oscar身邊的謙，默默聽着Oscar說的話，他咬一咬牙，全無先兆的，用手上的利刀，一刀便插進「明星臉」放在電腦鍵盤上的右手手背上，刀鋒穿進他掌心的皮膚，他發出了淒厲的慘叫，鮮血從傷口直冒，迅速流進純白色的英文和數字鍵之間，更將那個蘋果招牌染成了紅色。

謙就這樣用力握着刀，讓「明星臉」的手動彈不得。謙用低沉的聲音說：「你騙我們，你還沒刪掉手機錄影的拷本，不要讓我們再說第三次了，我會刺穿你手心。」

Oscar眼巴巴看着謙的動作和表情，驚呆至極。謙整個人好像着了魔一樣，在做着不是他會做的事，在說着不是他會說的話，他忽然心寒到了極點，這從來不是他認識的謙。

——這個謙冷漠入骨。

「明星臉」痛到了極點，他急急用左手拿起手機，在兩人面前，伸手刪掉了錄影片段。謙問一句：「你保證沒有留下複本了？」

「明星臉」尖嚷：「我發誓！我保證！」謙就把刀尖抽出來，「明星臉」用左手猛按着右手的手腕，整個人縮成了一團。

Oscar 想了一下，便拿起「明星臉」的手機，按下 999，把手機放在他伸手可及的地方，對他說：「你要報警，只需按下打出鍵就可以。」然後，兩人便離開了。

走在走廊上，兩人一路上無話，直至 Oscar 記得謙手中仍拿着刀，他停下來說：「刀子給我。」

謙渾身在猛顫，恐懼地說着不成文的句子：「我以為你會殺掉他，拿着刀子，在那個時候。」

「對啊，我有打算做掉他。」Oscar 對他詭異一笑，「你還不明白嗎？火火肯讓我們知道，唯一的意思，是她同意我倆這樣做。」

「但原來，我比起你更想殺了他。」謙臉上有種慌亂的興奮，卻又不斷打着哆嗦：「因為……萬一錯失這機會，我會後悔的。」

Oscar 向他平靜的笑笑，「沒事了。」

「我會不會令他失血過多？」謙的神情又慌張起來。

「不會，你會讓他從此懂得怎樣善待女人。」他伸出了手，「給我，不用怕。」他在謙手中取回了刀。謙的手像在冰格內冷藏過一樣。

兩人走到後樓梯，坐在樓梯間、用雙手圈着雙膝的火火，看到 Oscar 手裏握着有血迹的刀，她赫然的跳起來問：「你把他怎樣了？」

「他的事，與妳還有關係嗎？」

火火凝視着 Oscar，「不，如果你把他怎樣了，我便要開始擔心你。」

三人肩並肩的坐在後樓梯，等待警察到來。

Oscar對兩人說，如果真有警察來了，他就走出去自首好了。但他要火火和謙答應，兩人必須先走。

兩人堅決不從，謙說：「要不就一起走，要不就一起被押上警車。」

「白痴！你看英雄片太多了！這不是搶着慷慨就義的時候！」Oscar的聲音嚴厲：「你是高材生，有大好前途，不要讓這種生命中的小事妨礙了你。況且，就憑你那副樣子，只有被打的嫌疑，誰相信你做這種事？」他停頓一下，聲音有點浪蕩的說：「我是個大爛人，從不打算攀上上流社會，只有做這些事，才配合我小人物的身分。正面來說，由於有了這個戰績，同流之輩也會對我另眼相看，我會更受尊重。」

謙急忙說：「可是，我剛才——」

Oscar不讓他揭穿在屋內發生的事，承擔一切地說：「是我擅自決定用私刑，你事前不會知道。」

謙凝視着 Oscar，他不會不明白他的意思。他的眼神軟弱下來，順從的點了點頭。

約十分鐘後，Oscar 隱約聽到對講機的聲音，他知道警察來了。他搭着兩人的肩膊，借助他們的力量，讓自己堅強的站起來。

當他的手伸到門前，正要推門走出走廊之際，火火叫住了他：「Oscar。」她一直只會「喂喂喂」或「白痴」那樣的喊他。

Oscar 轉過身子，她說：「就算我平日再討厭你，但無論如何，謝謝你今天為我做的一切。」

「下次記得，不要以貌取人了。」

「我會好好記住。」她用食指一下一下叩着太陽穴，咯咯有聲的。

Oscar 朝她點頭微笑了。他把目光轉向謙，充滿感情地說：「你的婆媽性格，一定有話想說。」

謙說：「我會替你照顧她。」

Oscar看兩人的臉都是慘白的，他告訴他們：「不瞞你們說，在這一刻，前所未有的，我感到自己是個型男！金秀賢？宋仲基？孔劉？走開啦！」兩人都仰起頭、洋洋得意的他笑了，他轉過頭來，強忍着一切情緒，毅然離開了他倆。

＊＊＊＊＊

在走廊上走着，Oscar感到一陣前所未有的昏眩感覺，他知道自己有多害怕。

那種情況恍如救一個遇溺的人。拯救的時候，一心只想把那人救回岸，會不會有危險？會不會被猛烈掙扎的對方拖垮？自己會不會體力不繼？當時的他是腦中一片空白，只知救起了別人，等到大家都安全了，他才會想到剛才的驚險，才會想到自己也有溺斃的可能。一想到這裏，他就會感到輕微的昏眩了。

**原來，與其說他救了別人，不如說他再度獲救了。**

Oscar努力地打醒精神，繞過走廊轉角便看見兩名警察了。奇怪的是，他們並非面對着「明星臉」的單位，而是他斜對面的住所。警察們正跟女戶主說話，她以很粗魯的語氣控訴樓上有人高空擲物，弄污了她晾衫架上的衣服。

Oscar吁了口氣，想趁警察沒察覺他，靜悄悄的轉身而去。

就在這時候，「明星臉」的鐵閘卻打開來，Oscar和他就這樣打了個照面，兩人登時呆上一呆。

Oscar看到他右手胡亂包紮的紗布，應該是趕去求醫了。Oscar明知避無可避，他需要得到一個了結，心念一轉，就向「明星臉」直走過去。

兩人在狹窄的走廊上擦肩而過，「明星臉」將被Oscar揍傷的那邊臉儘量面向牆壁，沒有正眼看Oscar。彼此無聲息的走過兩個警察，忙於應付女戶主的警察們，由始至終也無暇理會身後的兩人。

Oscar在走廊的末端，瞄了瞄走到另一端的「明星臉」，他像一頭老鼠似的竄走了。

Oscar這才真真正正的輕鬆下來。

想必「明星臉」也明白，把事情鬧大，理虧的還不是他自己，只好不了了之。

Oscar繞了另一條後樓梯拾級而上，通過上一樓層的走廊後，無聲無息地推開了後樓梯的防火門，然後，他躲在樓梯的轉角，默默地探出頭來，看着幾個樓階下，並肩而坐的火火和謙的背影。

這是一種很奇怪的感覺。

每次，坐火車的時候，他總愛坐在兩人的對面，一早說過他愛看倒退回去的風景。但一直沒說出來的是，他更愛觀察說話者千變萬化的表情，尤其喜歡注視着對方的雙眼。在這之前，他看過充滿謊言的眼睛，被徹底毀滅了他對人的信任。但他從火火和謙的眼裏，看到了最大幅度的真實。

在這個時候，他已經不用看他們的臉了。單憑兩人的聲音，他就能幻想到他們的表情。

火火忽然說了一句：「他說得不對。」她沒頭沒腦的說完這句話，就沒再說話了。在她身邊的謙，不禁側着頭看她，見她怔怔的看着前方，十指緊扣着，指頭都捏得白起來了。

「什麼不對？」

火火好像給按下了自動播放的鍵掣，慢慢地說：

「Oscar 那天說：『妳心裏已經沒有朋友了！』Oscar 說得不對，我心裏一直記掛着你們。每次跟他吵了，很難過了，我也想去找你們，但我沒法子這樣做。如果我講出來，我就是弱者了。我知道你倆都是好人，一定會把我安慰得很好，足夠抵消他對我的壞。可是，我不希望在你們的心裏變成弱者，我一直希望活得像個男人似的堅強，所以我不要示弱，一直忍下來了。但每次辛苦得過了頭，我就會開始抱怨你倆了，為何你們以為我很好，為何你們不去探究我是否真的好？只要你們開口說：『不用裝了！』我就會釋懷。我或會把我難過的事全都告訴你們……不，我說謊，或許還是不會……但無論如何，起碼我釋懷了。」

「我們有掛念妳，每一天都有。」謙痛恨自己沒能力與她每分每秒在一起，他充滿情感地說：「我們只是把妳幻想得太好了，幻想妳很幸福和快樂。」

火火把頭枕到謙的肩膊上，她握緊着的雙手慢慢放鬆下來。

「如果妳想哭，好好地哭一場吧。」

「我不會哭。」她說：「我絕對不會為那個人流一滴淚，他不配。」

「為了 Oscar 呢？」

「一想到他，我難過得想哭。」火火聲音一啞，「但是，我欲哭無淚。」

謙看着火火重新握得緊緊的手，他把掌心按到她的手背上，要給她更多的力量，「火火，我不是告訴過妳，Oscar 喜歡的是妳嗎？」他緊接着問：「但我從沒有問過妳，妳喜歡 Oscar 嗎？」

Oscar 屏息靜氣，傾耳的在聽，火火將會回答什麼呢？他緊張起來，整個人繃得緊緊的，像一具木乃伊。

火火：「我——」

就在這關鍵的一刻，Oscar 衣袋裏的手機響起來。

他苦笑一下，便拿起手機，百般無奈地按停鈴聲，那是他最愛的一首〈蒲公英的約定〉。

「今晚不回了。買了三文魚刺身？當然要留幾片給我！」Oscar 說：「爸！我今天在海中救了一頭懷孕的母狗啊！當作獎勵我也不過分吧？」

當他掛了電話，火火和謙已站到他跟前了，兩人目瞪口呆，看着蹲在牆壁前的他。

Oscar 二話不說便跳了起身，高興地把這兩張最熟悉的臉擁到懷裏。接着，他吻了火火的額頭，也不吝嗇地吻了謙的，把兩人緊緊地抱着。

三人像那些比賽前矢志要獲勝的欖球隊成員。

2

那個晚上，三人去了付一個價錢可任飲的酒吧，首度喝至大醉。

Oscar不斷叫酒，舉杯不絕，要兩人一起乾杯。三人酒量皆屬入門級，但各人還是一杯接一杯的喝光了。幸而因為任飲，酒保把酒調製得淡如開水。然而，多喝幾杯，Oscar還是呈現了醉態，他跟火火猜各式各樣的枚，贏了輸了也在大叫大嚷，用了他自己的方式壓驚；火火則是借酒消愁，而謙一直警覺着，扮演着看顧兩人的角色。

因為他知道，**三個朋友喝酒，起碼要有一人清醒**。

Oscar醉意加深，稍靜了下來，開始了他的言論：「他想還手嗎？也許他想，但他不敢啊！」Oscar對兩人大言不慚地說：「我爸爸告訴我，如果你做錯了事，是自己理虧的話，你根本就不敢還手。所以，他沒有還手，也沒有告發我們。」

「但那不代表我們做得對。」謙好意提醒他。

「我知道。」Oscar點了一下頭，他承認說：「我已經準備為我所做的事付出代價了，這次只是運氣好。」

火火把眉毛高高挑起，聲音有點嘶啞，「我希望這一切過去，不要再提了。」

謙和 Oscar 一同答應了。

由於火火醉酒頭痛，晚上十一時許，他們一同乘計程車回家。三人坐在後座車廂，Oscar 是醉得最厲害的一個，他一上車便把頭靠向車門，倒頭呼嚕大睡。坐在中央的火火一直把頭挨在左邊的謙的肩上，她的神情有點痛楚。

車到了謙的住所，謙根本不想下車。Oscar 張開半醉的眼睛看着他叫他放心，他答允會把火火送到家門前。謙看看滿臉不適的她，他再猶疑一下，Oscar 笑笑的提醒他：「灰姑娘變身的時間到了。」謙看看錶，距離十二時只差廿分鐘。他不想節外生枝，對 Oscar 叮囑說：「你回到家，給我電話可以嗎？」

「打令，我當然會。」Oscar 的這句話，令司機從倒後鏡怒瞪着他。

謙下車後，車子再開動，車子在馬路上顛簸了幾下，火火順勢把頭移向 Oscar 的肩膊，Oscar 感到她整個人的負重，反而清醒過來。

車廂內酒氣沉重，他拉下四分一個窗，讓外面的空氣透進，他咬住了火火一撮被風吹到他嘴角的髮絲。

Oscar 堅持要把她送上樓，她沒拒絕。到家門前，當她從手袋掏出鎖匙之際，Oscar 說要離開了。

「家裏關了燈，他們該睡了，去我房間坐一下。」

「身為朋友，來到這裏該止步了。」

「如果你把我當朋友，哪裏是禁區，不該是由我來定？」

「我很醉了。」Oscar 矇起眼睛說：「我只想回家睡覺，我——」

火火打斷他編出來的廢話：「你只須回答一個問題，便可以離開。」她眼神裏有一份焦灼，「為了我，你願意殺人？」

Oscar一下子沒有回答她這個問題，那太難了，他找不到自己的立場。火火伸出食指，托着他的下巴，抬起了他略略垂低眼睛閃避開去的臉，她把自己的唇貼到他的唇上，像吻着一尊神的肖像一樣恭敬。可是，Oscar緊抿着雙唇，像沒有回應她的話一樣，不回應她的吻。

火火用力推開了他，臉上沒有一點表情，「膽小鬼，你可以走了。」

Oscar轉身便走，他在升降機內再看着走廊裏的火火，他直到現今一刻才仔細看她，她這天穿了一件白色的連身裙，戴上一條木色的粗皮帶作裝飾，耳垂上是一串Westwood的星球狀耳環。她從打開鐵閘和木門，到跨進屋內的過程中，沒有再朝他望一眼，他讓升降機的門自動關上，在心裏向她輕聲道了晚安。

他沒有馬上乘車回家，而是繞着她居住的大廈踱步了一圈。

他很喜歡她吻了他，他不喜歡的是他對她的感覺。看過她赤裸的一面，他怪異地對她起了非份之想。他要將這種侵犯她的感覺壓抑下去，所以他扣起了雙手，同時反鎖了自己的唇。

他討厭自己一邊想替她穿回衣服；心裏邪惡的另一個自己，一邊又想着她的裸體。走到後巷，聞到垃圾的味道，聯想到今天的血腥，他突然覺得反胃，就在溝渠前大吐特吐起來，吐得整個人也空洞了，他才感覺舒緩一點。

經過今天這件事，Oscar更加明白，其實，最緊張火火的是謙。謙平日性格溫文吞吐，到了重要關頭，卻能鼓起男人的勇氣。Oscar 明知自己靠的只是拳頭，只會欺淩比自己羸弱的弱者而已，他根本就沒那個膽量，心底裏的他是個十分懦弱的人。

他所謂的使壞，也只能壞到去那種膚淺的程度了。

因此，如果火火要吻的是一個英雄，他實在無法代替謙的位置。

也因此，他拒絕了不榮譽的獻吻。

＊＊＊＊＊

回到家裏的時候，謙想敲母親的房門，為他剛才不歸家吃晚飯的事而再次道歉，但看見門下的縫隙沒有光，他便放棄了。

整晚喝了很多酒，吃下肚的東西卻很少，他餓壞了，便走到廚房找吃的，然後，他發現母親把所有煮好的餸菜和白飯都倒進了洗滌盆內。

他默默地拿起一個超市塑膠袋，用手一把一把地把菜拿進膠袋裏，他知道他惹怒母親了，這是她要讓他看見的報復。他難過，卻不感內疚。當他開始動手清理着洗滌盆時，母親走進了廚房，她聞到了酒氣，她說：「你喝酒了？」

「喝了一點，非常少。」

「是哪個朋友教你喝酒了？」她說：「給我他的名字和電話號碼，我跟他談。」

他為了保護Oscar，獨力承擔起一切：「沒有朋友教我，我自己想喝，便喝了。」

「你的朋友正在教壞你，你即將變成一個壞人。」她說：「在你這個年紀，根本不需要朋友，你只需要學業和前途。」

謙的心脹得鼓鼓的，「媽，我需要朋友。」

母親走到他面前，平靜地給他一記猛烈的耳光，「你說錯話了，再說一次。」

他再說一遍：「媽，我真的需要朋友。」與此同時，他微微的仰起臉，準備迎接着另一記耳光。

第二記耳光更重也更響亮，他被摑的左邊耳朵嗡嗡作響，幾乎什麼也聽不到。

「你醉了，你想清楚，我會再問你。」說罷，母親便轉身離開廚房，她用力關上房門的聲音，謙隔得再遠也能聽見。

他去廁所洗了一把臉，看看鏡中的自己，左邊臉上留下了一個鮮明的掌印。每次異言不合，母親也會賞他耳光。他不是第一次被打，也不會是最後一次。但他每次也不感到害怕，因為他說了理直氣壯的話。所以，在母親面前，他沒有縮開身子，也沒有需要改口。

這時候，放在電腦桌前的手機發出一下很好聽的響鬧，他急不及待的跑去看，是

Oscar傳來的訊息：「我看着火火進屋，我也回到家了，不用擔心，晚安啦！過幾天開學，我們又可一同吃飯，在球場上並肩作戰，萬分期待！謙謙，感謝你今日的一切，你才是我心目中的型男，帥呆了！」

謙放心下來了，為Oscar說的一聲謝謝而驕傲不已。

他迅速的打了幾個字：「不客氣。晚安。我也在期待開課的一天。」欲要把它傳出去的瞬間，他又一個字一個字的刪除，最後刪了整段短訊。

他不想惹Oscar誤會了，他牢牢記住了司機在倒後鏡那個厭惡的眼神。

他在心裏說：「火火、Oscar，大家今天也很累了，晚安！」他筋疲力盡的倒在牀上，經歷過今天的傷心失望、心驚膽戰後，他忽然連去刷牙洗澡的精力也沒有，就這樣半分鐘不到就睡着了。他想要利用睡眠時的空白去補綴這一切的創傷。

他連做夢的力氣也沒有，一覺睡到了天明。

從來沒擁有過並不可怕，
最可怕的是擁有後失去，
你無法用什麼去填滿那種寂寞。

如果真有什麼可填補，
想來想去也只有用「寂寞」而已。

第5章

# 可以做朋友的，為何不能談一場戀愛

如今想起來，
假若一對朋友可以走得那麼近，
大概也符合做情人的部分元素。

朋友這身分是不是只個屏風，
隔開了胡思亂想的二人？

# 1

秋涼時分，火火提議去遠足。

謙和 Oscar 感到新鮮，但不明白總懶得動的她（但她可以逛一整天的街），何以有這種興致，追問之下，她爽快地說了真話，她要走上山頂的一個涼亭，因為以前她曾經與「明星臉」到過那裏，兩人在亭內刻上了名字，她希望將它消滅。

Oscar 不怕水，但畏高。那是香港第二高的山，Oscar 顯得猶豫，火火取笑他：「我們只是遠足，又不是攀石，你怕什麼？」

他自己也莫名其妙，「感覺就是不好。」

她說：「我保護你好了。」

他笑了，「我們之間很多恩怨，只求妳不要把我推下山。」

她也笑了，「不用擔心，我會把它裝成意外。」

「OK，我快快去投一個保，受益人寫謙謙。」Oscar 答應會去。

在一個涼快的午後，三人出發了。

火火和謙行山經驗不少，因此表現很輕鬆。Oscar 一生人首度登山，煞有介事的，戴了禦寒冷帽、黑眼鏡和口罩，拿了一個有半個人高的 NIKKO 背囊。火火問：「白痴，你要勇闖玉珠峰啊？」

謙也笑了，「你背囊內脹鼓鼓的，內裏藏了什麼？」

Oscar 把它打開來，裏面幾乎什麼也齊備：指南針、麻繩、地圖……此外，他更帶備了一大堆零食。

「如果獵到鳥或猴子，我們大可生火露營，大快朵頤了。」火火哈哈大笑，「或者，乾脆在山上定居下來。」

謙對他體貼地說：「你拿的東西太重，會走得很吃力。我的背囊很輕，替你拿一些吧。」

Oscar也自知背囊太重，簡直寸步難行，他把一些輕的東西分給謙。火火也不客氣，把她背囊裏最重的礦泉水擲給謙，Oscar忍心不下，又從謙的背囊中取出膠水瓶，替她拿了。

上山的一路上，三人玩着「猜歌名」的遊戲，講着笑話，走到半山，玩得最高興的火火開始體力不繼，慢慢地墮後了，但因她性格剛強，她不哼一聲。謙和Oscar調慢了步速，配合着她而行。三個人彷彿在共同完成同一件事，少了一個也不行。

走了四分三路程，四野一個登山客也沒有，山路好像愈走愈斜，四周好像蒙上一團霧，三人都累透了，雙腳又痛又酸，像是不屬於自己似的。

Oscar看着斜坡，簡直像無盡的天梯，開始沒頭沒腦的發脾氣：「我們要去天堂嗎？怎麼永遠走不完？」

火火心情也轉壞，「你喊停啊！我們便會為你停下來！」

Oscar說：「我只是擔心妳受不了。」

「多謝關心，但我很好。你是足球小將，你也很好吧？」她倔強地說。

謙希望去到終點再休息，可是見兩人開始抱怨，他便停下了腳步，把背囊拋到地上說：「我的腳痛死了，可以坐下休息嗎？」

火火和 Oscar 一起說：「哎啊，你真是未老先衰啊！」兩人卻像神槍手鬥槍法似的立即擲下背囊。

三人以背囊作枕，並排癱睡在山路上，喝了大半樽水。Oscar 背囊裏的魷魚絲和朱古力條、愉快動物餅和旺旺鮮貝，由被火火取笑而變得大派用場，三人分着吃，精神很快回復了。

濃霧開始散去，火火注視着一望無際的蔚藍天空，忽然說：「你們知道嗎？自從與你倆認識之後，我心裏一直有一個願望。」

「什麼？」謙問。

Oscar 還在她開口前說：「保證不是好事。」

火火像唸詩一樣地說：「跟你們兩個人，謙、Oscar，各自的好好戀愛一場。」

「為了什麼？」

「因為，**我一直不相信，男和女之間可以單純的做朋友啊！**」她說：「既然如此，倒不如相信我所相信的，只要圓了那個跟你倆做男女朋友的心願，我才能隨心所欲的跟你倆繼續做朋友。又或者，一邊做朋友，一邊做男女朋友也很不錯。」

謙和Oscar聽到她令人吃驚的話，一時間無言以對。

Oscar過了一會才問：「萬一我和謙告訴妳，我們真的單純把妳當朋友呢？」

「那麼，你們等於取笑我沒有女人的魅力。」

Oscar記起什麼似的說：「對啊，忘了告訴妳，妳今天忘記剃鬚了！」她是個汗毛密的女孩，手毛也多，她本來也不以為然，直至，Oscar不斷的以此為笑柄，她常常為此而苦惱。

她把手上的水瓶朝Oscar飛過去，幸好他及時接過了，否則就要打到他的臉上。

「我不管，所有的結果，在一開始已決定了，你倆誰都不可反抗。」火火說得堅決：「除非我們斷交了，抑或我死了。」

Oscar 向謙露出恐怖的笑容，「我們恐怕已成了實驗品。」

「恐怕是。」他托一托粗框眼鏡，表示認同。

「OH！好像 3P！」Oscar 問她：「請問一句，有沒先後排名的？」

火火彷彿也是首次想到這個問題，她考慮一會兒說：「沒有。我一視同仁。」

Oscar 哈哈笑，「總之，不能一齊來，我是東方人，對這些事較保守。」

相隔着中間的火火，Oscar 謙相視了一眼，Oscar 嘻嘻笑：「來來來，我們快來猜『剪刀、石頭、布』，猜輸的那個先受死！」

天空的遠處飄來大片黑雲，天氣有轉壞的迹象，Oscar 開了收音機，天氣報道說今日天氣非常晴朗，但要提防紫外強光。Oscar 大聲說了一句：「白痴天文台！」三人便趕路了，一頭在半空低旋已久的老鷹，忽然筆直的向火火的方向飛來，她驚惶避過了，但當她走近崖邊時，她卻踩上了爛泥，腳下一踏空，人便滾下了山坡。

走在她身旁的謙和 Oscar，看着事情在電光火石之間發生，完全不知所措。兩人走到崖邊一看，慶幸的是，在山坡下接近五十呎的地方，火火給一塊凸出的崖石擱停了。

她平躺在石上，一動也不動。

兩人大聲地喊，但她毫無反應。Oscar 打電話報警了，兩人束手無策的呆等着。

Oscar 的神情既擔憂又自責，謙看着 Oscar，他好像決定了什麼似的，把放在地上的背囊用力提起來。Oscar 問：「你想怎樣？」

「我下去照顧她。」

「這麼高——」

「你剛好帶了繩索，把我吊下去就可以，不危險。」

謙的眼神變得愈來愈堅定：「你要在這裏等待救援。」

Oscar 再看看下面的火火，他沉思了幾秒鐘說：「小心！」他取出了麻繩，綁緊了謙的腰，也把兩個瓶的水倒進一瓶，讓他帶下去。

Oscar 慢慢的放下繩索，讓謙用爬的方法，小心翼翼的走下山坡。冷風從山坡下颳上來，讓畏高的 Oscar 的腦袋一直感到冰冷，他的手緊緊握着麻繩，逐寸逐寸的放下，掌心的表皮都給擦破了，但他也死忍着不鬆開，恐怕一旦放手，謙就會掉下去。

謙安全抵達崖石上，把火火的頭小心翼翼擺放在他雙膝上，細心的給她餵了清水，她昏醒過來了，他好好安慰了她。Oscar 在山路上看着山坡下的兩人，感到一陣失落。

那種感覺很奇怪，就像自己被兩人捨棄了似的。

這時，Oscar 的手機響起來，是謙的來電，他報了平安：「火火沒事，只是扭傷了腳，請放心。」

「救援隊正趕來，忍耐一下。」Oscar 向石上的他豎起了姆指，大大鬆口氣。他說：「請跟火火說，我——」

謙笑着說：「你親自跟她說啊。你等一下，我遞手機給她。」

火火接過電話後問：「你有什麼話想對我說呀？」她的語氣有點虛弱，卻令她顯得過分溫柔。

Oscar 握緊了手機，他想說什麼呢？其實，他是什麼也想不到的，他也不想刻意找些話來說。

終於，他說了一些藏着的真心話：「我送妳回家的那個晚上，妳不是問過我那個問題嗎？『為了我，你願意殺人？』我那一刻答不出來，我現在答妳吧。其實，在那天，願意為妳殺人的，是謙。」

火火遙遠的看着 Oscar，彼此也看不清楚對方的表情。她靜默一會說：「真的？」

「剛才主動要攀下山的，也是謙。」Oscar 的話愈說愈順，也愈充滿了自我的頓悟：「妳心裏一定會問：『怎可能是他？』是的，不是我，居然真是他！就算身為朋友，抑或朋友以外的任何身分，我的行為也只能證實一件事：我不夠他那麼愛妳。」

火火的聲音裏有種喜出望外，「謝謝你告訴我這些。」

「答應我，千萬別錯過這個好男人，可以嗎？」

「我知道了。」她掛上電話。

這時候，天空被烏雲完全遮蓋，山上瞬即風雲變色，下起暴雨來，有沙泥開始沿崖邊滑落，令小石上的兩人驚險萬分。Oscar 三次致電警方，他們說正趕來，Oscar 氣急敗壞的催促，除此以外便已無計可施。

警察和救援隊的車來了，衡量了現場情況，決定不冒險派人下去，改用直升機救人。

Oscar 萬分氣憤，質問他們：「為何一開始不派出直升機？燃料很昂貴嗎？救人應該是分秒必爭！」他又說：「我也做過救生員，以這樣的效率，本來可獲救的人也變成救不回了！」他大吵大鬧，激動得像要殺人，無人敢給他正式回應。

Oscar 注視着兩人，情況正告急。

兩人的背囊一早就被雨水沖走了，他們也彷彿隨時撐不住。謙任由沙石流衝擊着他的背，只把火火緊緊抱在懷裏。

Oscar蹲在崖邊，用雙手掩着口鼻，俯視着兩人，幾乎忘了自己有畏高症。警察們勸他遠離山坡，他因恨透他們態度散漫，死也不從。

再過十五分鐘，直升機終於到了，救護人員游繩下去，花了好一陣子才把兩人救起。直至兩人真正安全的進入機艙，直升機開走了，Oscar才知道自己雙腳發軟得有多厲害，在崖邊的他有多恐懼，他跌坐在山路上，大口大口地喘着氣。

這個時候，他的手機響起來了，是火火的來電。

兩人獲救後馬上就給他電話了，他感到格外溫暖，他高高興興地接聽：「Oscar，我們很安全，不用擔心啦。」她的聲音伴隨着機翼的引擎聲。

「有謙在妳身邊，我一點也不擔心。」

「對啊，我剛才跟謙說，假如我倆沒被沖下山，幸福地撿回性命——」火火聲音裏充滿着笑意，「我們就要拍拖！」

Oscar的聲音頓一下，「那麼，我要恭喜你們了——」他腦海中忽然空白了一片，只好對她說：「對了，可以給我跟妳的新男友談一下嗎？」

謙接過電話，聲音竟是難過的：「Oscar，我——」

「什麼都不必說。你要知道，我很高興你倆沒事。」Oscar 由衷的說：「我也很高興，在最重要的關頭，你可以陪在她身邊。」

「你不會覺得——」

「我會！如果你待她不好，我會！」這時候，電話因接收不良而斷了音訊。

Oscar 沒跟警察的車子離開，「我想自己走一下。」他堅持着，獨自的走上山，身體濕得體無完膚。他一個人走三個人剛才沒走完的路，背負着火火的期望。

一個人走真的很艱難。走到山頂的涼亭，在一條石柱前，他找到火火與「明星臉」的刻名，和 Jet'aime 幾個字，他拿出萬用刀，用最鋒利的刀片也刮不走字迹，他不知怎的就光火了，在涼亭附近找來一塊尖鋭的大石頭，用雙手捧着它，一下一下的砸下去，把刻了名的那條柱砸得稀巴爛。他有種感覺，就像把一個人的臉砸得面目全非，毀滅了所有入罪的證據。

當Oscar完成了這件事，他跌坐在涼亭內，發現自己的兩隻手滿是給石頭割傷的鮮血，手指和虎口位都給劃破了。而世上的雨，都像在這一刻全部落下來了。他把雙臂伸出雨中，任由雨水沖擦掉血迹，就像要洗滌自己的罪孽一樣。

Oscar真的喜歡謙和火火這兩位朋友，只要和他們待在一起就會覺得快樂，快樂得忘記很多重要的事了。

在這之前，他對火火的感覺模糊也糊塗，但在這一刻，很不合時宜的，也出乎他自控的，他真正意識到自己愛上了火火。

在她成了謙女友的時候。

2

在那天後，三人還是繼續同行，但關係有了微妙的變化。

就算火火和謙已是一對情侶，但在Oscar面前，謙仍是對火火表現着禮貌的疏離。Oscar心裏知道，那是謙要照顧他感受的做法。

可是，他卻忘記自己是個老實人。愈是刻意假裝，他愈是表現得很不自然。

最可笑的是，不單止是Oscar，連火火也深知這一點。謙愈是閃縮，她愈要示威似的表現甜蜜。

因此，Oscar看得出，謙夾在兩人中間總是很不安。

Oscar沒有責怪火火，和一個人拍拖應該是快樂甜蜜的，但由於三人往來的時間實在太多，譬如學校的午膳時段，又譬如放學後三人一同乘火車回家。所以，她無可避免地感到被忽略了，也許還會覺得他搶去了半個謙。慢慢地，Oscar覺得自己有些時間真的不方便同行，也最好不要同場。

兩個月後，火火和謙的感情開始轉壞，吵架比要好的時間還多，兩人鬧得不愉快的時候，也會各自找 Oscar 傾訴。

他試過一邊跟火火通電話，罵謙真是個蠢貨，一邊又接聽了謙的來電，謙頹喪的程度令他同情得無法掛線。在來電待接的火火等得不耐煩了，掛線了又立即再打給 Oscar。Oscar 接聽了，她生氣地說：「如果你在跟那個蠢貨在罵我蠢貨，你最好把他掛了！否則，你也得掛了！」Oscar 簡直是兩邊也吃力不討好，裏外不是人。

過了不久，Oscar 也拍拖了，對方是個在同區學校就讀的女生，由於她的主動追求，便跟她一拍即合了。

Oscar 選擇她，只因她讓他有一大堆借口不再跟謙和火火一起吃飯和乘車，也能理直氣壯的推掉兩人的約會或訴苦電話，看似荒唐但又理所當然。

火火和謙提出想見他的女友，他用她怕陌生人這個原因推辭。這個女子無疑是漂亮的一類，一雙腿美而修長，是有資格去拍脫毛或潤膚膏那種廣告的。但她毫無個人性格，Oscar 只看到她的長腿但找不到她的靈魂。他說什麼她也順從，經常用仰慕的眼神看他。

Oscar 覺得自己在她身上一無所獲，只會養成自大的性格而自我厭惡，他不再想念她，很快便與她決斷地分了手。

事後回想，Oscar 一直喊她的英文名，居然連她的中文名字也不知道，他對她的抱歉也僅止於此。

*****

在一個三號風球下的周末，Oscar 在家中休閒地玩着網上殺人遊戲，當他在十四個來自不同國家的同隊戰友中奪得第一名（他為打遊戲機不被編進學校課程內而感到惋惜），殺了二百多名敵軍之際，電話響起來，他以為是誰又找他了，原來是行事曆的提示響鬧，上面寫着「嘉年華，三時半」他一時間不記得自己寫的是什麼，後來才想起是個早已約好的約定。

在四個月前，三個人相約去愉景灣玩一趟，火火喜愛那裏具有外國氣氛，尤其愛上那個優美而差不多等於私人享用的沙灘。離開的時候，她感到戀戀不捨的。三人走到碼頭，碼頭前掛了一個大大的橫額，寫着愉景灣有一年才舉行三次的嘉年華，並寫明了舉行的日期和時間。火火為着錯過了剛過去不久的嘉年華而感到可惜，希望下一次再去，兩人並無異議。三人為防忘掉，把它各自記在手機的行事曆內。

Oscar 看着窗外的淒風慘雨，他相信這個約定毫無疑問是給取消了，他再勇猛地殺了十個敵軍，卻可以感受到自己的心不在焉。

他還是致電給謙，問了他的情形。謙說自己正在家裏溫書。昨晚火火又跟他吵了一場，他今天一直打不通她的電話，又或是她發脾氣不聽電話了。加上這天天氣風高浪急的，天文台說隨時改發八號風球，他也相信約定該取消了，但為了安全起見，也給火火傳了個短訊。

掛線後，Oscar 還是放心不下，他致電給火火，電話一直未能接通。他十分清楚她那種說到做到的性格，他的心懸空，比起掛在心臟的位置更高。

他富有技巧地替臨危的隊友擋了幾顆子彈，讓敵軍殺掉自己，就草草換過衣服出門了。

在計程車上，收音機廣播已經將三號風球改發為八號，他一路罵自己是個無可救藥的大白痴，一路請司機再加速。

到了港外線碼頭，外面的暴雨下得像槍林彈雨，碼頭的鐵閘都拉上了，今日餘下的船班皆已停航，他看不到有半個人。他取笑自己有多愚笨，有兩秒鐘想過原車折返家中，但他還是莫名其妙的跳下了車。

在碼頭外走了一圈。最後，他在碼頭以外那通往 IFC 商場的天橋上，發現正靜靜的站在上面眺望着大海的火火。

Oscar吁了口氣，走到她面前，「妳為何關掉了手機？」就算天橋有上蓋，但在強風下橫打下來的雨點仍使她濕透了，他為她撐了傘子。

「謙找不到我，他就沒法不來見我。」

Oscar勸她回家，告訴她謙不會來了，她堅決不從。

Oscar乾笑一下，「既然如此，我倆就一起等吧！」他用衣袖替她抹去滿頭滿臉的雨水，她的神情一直是呆呆的。

靜默了一分鐘，反而是火火開口了：「你說他不會來了，你等什麼？」

「妳呢？妳明知他不來了，妳又在等什麼？」

「我不知道。」她說：「其實，我是知道的。**我在等自己更討厭他**。」

「這樣做，有意義嗎？」Oscar一邊說，雨粉一邊撲進他的嘴巴裏。

「慢慢才發現那個意義了。」火火望着Oscar的雙眼，彷彿期待着什麼地說：「我在等我發現，自己有多想跟你在一起。」

Oscar 冷笑一下，「妳那麼快便玩厭他了？」

「最可惜的是，我不是用玩的。」

Oscar 仍是在冷笑，不信任地問：「哦，原來妳太認真，所以，深深的受傷了？」

火火聽得生氣了，她失望頂透的說：「算了，你繼續裝你的聾啞人士吧！就當作我沒說過！」

火火用力撥開他的傘子，用力踏步地走遠了。

Oscar 一直看着她的背影，到了她快聽不到的距離，他大聲的喊：「但我聽到了！我確實聽到妳的話了！」可是，一陣陣強風和雨聲卻覆蓋了他的聲音，把他的話吹散得零零落落，火火沒有回頭。

她跑到戶外去，將自己淋成水人。Oscar 把凝着行動的傘子拋開，急速地追上去，冷雨打進他的雙眼，滲透到他每一個毛孔，他用力抓住了她的手，把她直接拉進自己的懷裏去。

他盡量想讓她看到他的表情，但他抑壓得夠久的情緒卻一下子全爆發出來，他狠狠的對她說：「妳怎也及不上我……」

「及不上，什麼？」

「想跟妳一起的程度。」

火火沉入他懷抱裏，她的體溫抵消了雨的冷冽。

兩人緊緊抱住約半分鐘，Oscar很快回復理智，在心裏逕自戒備起來，輕輕推開了她。

火火露出不明白的神情。

Oscar說：「對不起。」

她沉默一刻說：「為什麼說對不起了？」

「我相信，我做不到。我不想傷害我的朋友。」他說：「我不想做出對不起謙的事。」

「你的話真令人頹喪啊。」火火用深懷怨恨的一雙眼說：「你口中的對不起，原來與我一點關係也沒有。」

Oscar 一下子無言了。

是的，她說對了……與她丁點關係也沒有。

「只要你覺得對不起我就可以了，我大概會寬宏大量地體諒你的處境，我也會心息了，以後絕口不提這件事。」火火心情複雜地說：「但你太令我討厭了，你把我當作一件禮物，在你和謙之間你推我讓的，從來沒有照顧我的感受。所以，我不會放過你。」

「妳想怎樣？」Oscar 沉重的說。

「我想怎樣就怎樣。」她掀起一個陰暗的笑容，「我會讓你知道的。」

這個時候，雨下得輕了，風也減弱了，互相對峙的兩人，感到彼此也身在風眼之中，恍如在危險的處境下受到保護一樣。可是，他們的心情並沒有比剛才安寧多少。

最可怕的是，
人不可以控制自己愛上誰，
待你驚覺的時候，
也已一早泥足深陷了。

# 第6章

# 不要因一個壞人傷害了你，你便去錯傷好人

萬一輸了錢，
就希望雙倍贏回來；
有個人在感情上傷了你，
你亦覺得傷人也無所謂了；

人都是善妒的動物。
善於把自己的不幸放到無限大，
卻從來不肯去看別個更不幸的人。

# 1

凌晨二時，溫習溫得累極了的謙從書房走出來，想沖一杯即溶咖啡提提神。

繞出走廊，他才發覺客廳的水晶燈亮了，他有點奇怪，母親應該一早已睡了。他擔心家裏有賊，於是小心翼翼踏着無聲的腳步走出客廳，發現坐在大沙發上的父親。

他抽着一根雪茄，用一隻小餐碟盛着煙灰，一臉疲憊的，雙眼望向窗外。謙看清一點，父親只是瞧着窗外的方向而已，視線根本沒有焦點。

他不知該不該打擾，兩人差不多有兩個月沒見面了，他覺得自己應該跟他打聲招呼，所以，他走到沙發旁，心情略帶緊張地說：「爸，你好。」

父親聽到聲音，僵硬的身子輕微抖動了一下，快合上的眼皮張開來，這才發現兒子就在他身旁。他大概也想努力擠出一個笑容，但最後，他宣告失敗似的木無表情地說：「謙，你好。」

謙打完招呼後就不知所措，他說：「我拿一杯冰水給你。」父親點一下頭，他便走到廚房打開冰箱，凝視在水壺內浮動的半個青檸。斟水的時候，有種悲哀的感覺湧上心頭——**他像不想失禮似的在招呼着一個入屋的客人**。

謙把水杯放在玻璃茶几上，父親說：「謝謝。」父親也像一個客人般受他的招待。他想返回房間，父親卻說：「來跟我一塊坐。」他讓過了身子，騰出沙發的一邊座位。謙沒抗拒，就坐在父親身旁，兩人看着落地玻璃窗，剛取消了颱風訊號的天空還是風雨交加。兩人皆保持沉默，安靜得像一同看着一套扣人心弦的劇集似的。他知道父親的沉默源於他的疲憊，他也知道自己的沉默說明兩人感情的疏離。誰也沒法再向對方走前一步。

謙不抽煙，當然也不愛別人抽煙。惟獨對於身邊抽着雪茄的父親，他卻從來不感到抗拒，反而感到一種默然的熟悉。那隻雪茄的味道，他從小就嗅熟了。慢慢地，父親回來的次數愈來愈少，他聞到的機會也愈來愈少。

手中那枝雪茄抽到末了，父親把它壓在一隻瓦碟上用力擠熄，對他說：「爸走了。」

謙的身子動了一下，看着父親問：「你不去看一看媽？」

「她吃了安眠藥，不吵她了。」父親說：「也不用告訴她，我來過。」

謙明知留不住他，他心有不甘的點一下頭。

父親從銀包裏掏出了一疊銀紙，硬要塞到他手中，他想不要。父親說：「買些小禮物給你媽。」他接過了，那疊紙幣少說也有數千元。

父親回復一點精神，站了起來，謙發現他穿了剪裁講究的時裝，令他看起來比實際年齡年輕了十多歲。待父親離開屋子後，謙打開露台的幕門，小心翼翼地把瓦碟上仍殘燃的雪茄完全弄熄，也注意別讓煙灰散落四周，他拉開露台的趟門，讓窗外的冷風捲進來，驅走雪茄的煙味，以及驅走父親回來過這個事實。

與此同時，他瞧見父親駕着他那輛紅色的林寶堅尼離開了，車速快得像一條火龍，車尾燈的光影在路上劃下了一條長長的尾巴。

*****

翌日早上，天空回復颱風洗滌過後的清朗，三人約在學校附近的 Euro GO GO 吃早餐。

當謙向火火和 Oscar 說他父親昨晚回來過的事，面對着食店掛牆大電視的火火說：「看，是你父親。」謙轉頭一看，電視正播着一眾名人名媛昨晚出席超級名店開幕派對的片段，熒幕前的父親意氣風發，在會場內談笑風生，節目主持在旁白稱他為社交界的年輕富豪。

當記者開始訪問一名整容後容貌像極某位已故女星的當紅女星時，謙和 Oscar 才轉回頭，繼續吃着牛角包、香腸和雞蛋。

火火一口咬了半條香腸，老實不客氣地說：「如果你媽真有精神病，有一大半是這個男人所累。」

謙知道火火在發牢騷，他苦笑一下說：「可是，如果沒有我爸，她沒有精神病也可能活不下去。」

Oscar 説：「想起來，我父母親結婚到現在，兩人仍是很恩愛的。我媽間中會罵我爸，但難得他也肯去容忍她。我爸對我說，母老虎困在籠裏久了也想咬人啊，更何況是整天在家裏做瑣碎家務的女人？多遷就她就好了。」Oscar 像感恩似的說：「他們結婚那麼多年，每逢假期，總會一同拖着手去吃飯、逛街、看電影，或參加一些短線本地旅行團，還真是一對肉麻的老夫老妻。」

謙和火火互看對方一眼，火火瞪着 Oscar 說：「什麼肉麻，簡直是模範夫婦了！」

Oscar 訴苦：「可是，他們也真的很老套，尤其是我父親，一有機會就說着滿口道理，若有一天他不做地盤工作，他可以改行去傳教。」他往身後的電視方向一指，「看看謙的父親，走出來簡直像《風月俏佳人》裏的李察基爾！我倒希望有個這樣的父親！」

「我卻喜歡聽你爸的道理，總覺得他的話透徹入世。」謙說。

火火沒好氣地笑，看着兩人說：「你們不如交換父親看看。」

Oscar 撞撞謙的手肘，對他笑，「你意下如何？」

「交換了父親，母親也要交換的嗎？」謙怏怏地問：「倫理上有點搞不清楚呀。」

Oscar 笑了，「對啊，還是交換我倆的臉孔比較容易啦。」

謙聞言也笑了，「這樣就沒問題了。」

這時候，火火把她那份早餐吃清光，她喊着吃不飽，她對謙說：「罰你替我買多一份早餐。」

謙溫和地搖頭笑，「替妳去買就好了，不必用罰的吧？」

「我要罰你。」她說：「因為，昨天我去了碼頭等你。」

Oscar 猛瞪火火一眼，她真是個有仇必報的女人。

謙聞言，意外一驚：「妳沒收到我傳給妳的短訊？遇風球要取消啊。」

她這樣回答：「收到，但我當時已在半途了。」

謙急欲解釋的說：「對不起，我——」

「我有說過責怪你嗎？」火火皮笑肉不笑的說：「我只是罰你替我買多一份早餐而已。」

謙貼服地說：「我馬上去。」

火火卻說她不想吃 Euro GO GO，想吃對街麥當勞的豬柳蛋漢堡，叫謙買來給她，謙沒反對就走出店門去了。

在旁不發一言的 Oscar，明知她在刁難謙，他對火火說：「我不喜歡妳的語氣。」

「我沒跟他吵，對吧？」

「口是心非，像妳的作風嗎？」Oscar 問：「妳不是不吐不快的嗎？」

「既然事情過去了，下一趟的嘉年華也要等四個月後，我可以向他追討些什麼？」

Oscar 說：「那麼，我建議，妳根本不必讓他知道。」

火火直問 Oscar：「你害怕讓他知道我們的秘密了？」

Oscar 說得斬釘截鐵：「我們之間沒有秘密。」

「你不是跟謙什麼都說的嗎？你會不會把昨晚的事告訴他？」

他勉強地說：「我有可能會。」

「那麼，我代你告訴他就好。」

這時候，拿着麥當勞外賣紙袋回來的謙，怪不好意思的，火火卻即席開始吃。

鄰座有一檯外國人，用奇怪的眼神看她，她把手裏的包移向他們，用流利的英語詢問：「This is Sausage McMuffin with Egg from McDonald's. God, don't you have it in your country?」

（這是麥當勞餐廳的豬柳蛋漢堡。天哪！你們的國家難道沒有嗎？）外國人怕惹事，頓時把頭縮回去，不敢再望向這一邊。

火火向謙開口說：「對啊，我有件事想告訴你——」

Oscar搶着說：「謙謙，薯餅呢，你忘記買了？」他瞄瞄那個麥當勞的空紙袋。

謙神情茫然一下，「嗯，我剛才聽不到，可能未睡醒，我馬上去買。」他動身又走出去了。

火火見Oscar把謙支開去，她露出勝利的笑容。

「所以，那是我倆不會告訴他的秘密了？」

Oscar想說些什麼，但熟知火火性格的他，只能無言以對。

## 2

兩星期後，全級大考迫在眉睫。

放學後，球隊不用練習，三人沒有到處逛，乘了火車回家。謙下車後，火火突然告訴Oscar，有個男生追求她，他是她的同班同學，名字叫張小泉。

「他和妳同班，難道不知謙和妳在一起的嗎？」

「他問我是怎樣忍受到的？」

「忍受什麼？」

「張小泉對我說：『他是A班的高材生沒錯，但他並不適合妳。我在A班有個朋友，他說全班只會拿他開玩笑，笑他是個大近視的超級悶蛋。妳不應該做個被貽笑大方的男生的女朋友，對妳來說是一種侮辱！』，他的話使我有共鳴。」

「有人這樣奚落妳的男友，妳沒有維護他，反而覺得有共鳴？」

「我意思是，我不希望做個被貽笑大方的人的女友這回事。」

Oscar 沉默一下，感覺她這個女人太荒謬了。

「我有點喜歡張小泉。因為他懂得疼愛女人，我會跟他拍一陣子拖。」

Oscar 感到整個身子內燃起來，他大聲地問：「妳忘記自己跟誰在一起了？」聲音響亮得令同一車卡的乘客紛紛望向他們。

「放心好了，張小泉也有個女友。所以，我們會秘密在一起。」火火檢視着Oscar的臉說：「你知道了，但你不可告訴謙。」

「我根本不想知道妳偷情的事，妳為何要讓我知道？」Oscar憤慨地看着她。

「那麼，你為何要讓我知道，你喜歡我卻不要跟我在一起？」

——這就是他熟悉的火火。

Oscar心裏在想，她就是如此的冷酷無情，覺得自己做什麼也正確無誤。她做每件事也要跟上帝、整個世界或某一個人對抗。否則，她便會感受到那種失去目標的痛苦。

可是，這畢竟是個沒完沒了、也永遠不能勝出的遊戲。

他直截了當的問：「這是對我的報復吧？」

「不要拿我來抬高你自己。」她揚起眼尾瞧他，「我也是普通人，只喜歡一個人——那太難了。」

**「如果你真正喜歡了一個人，其他人會在你的世界裏褪色，變成透明的。只有喜歡**

**的那個人才是實體。**」Oscar 有感而發地說：「所以，只喜歡一個人，一點也不難。」

「我真正喜歡過謙，但最喜歡的時間恐怕已過去了。」火火的聲音低了一點：「我和他不能永遠困在那塊崖石上，所以，我也不能永遠喜歡他。」

Oscar 告訴火火：

……………………………

「不要因一個壞人傷害了妳，妳便去錯傷好人。」

「我從沒有一天做過好人，在將來的日子裏也不打算做。」火火說：「我倆是同一種人。你該知道，**我們之所以會慈悲，主要是因為突然想玩『貓哭老鼠』的遊戲。**」

Oscar 抿着嘴巴（他知道老鼠最好不要落在貓爪下。因為貓殘忍，會把獵物放走又抓回，直至折磨至死）。他明白她在喧賓奪主。

可是，靠他那一點力量，根本沒可能制得住她。

火火看看窗外慢慢停定的月台，「你是不是到站了？」

Oscar 步出車廂前，留下一句：「我不是妳以為的那種人。」

「也許吧，我以為你是，原來你不是。我比較忠於自己，但你不行。」她用眼神和他駁火。

Oscar 沒說再見就下車了，充滿失落地離開了。

他一直在善惡之間游移不決，那種感覺使他無所適從。

他由始至終希望自己懷抱着信念，可是，惡形惡相的那個他總會向善良的自己訕笑。因此，與其說他對火火失望透了，不如說他把她看清楚了，他自己到底可以作惡到哪一個地步。

Oscar 一直在反複練習着改邪歸正，他不想火火重蹈他的覆轍，否則，他知道自己勢將倍加陰暗。

## 3

謙回到家中，母親把他召進她睡房裏，問：「你爸昨晚是不是回來過？」他一下子啞聲，他可沒料到她會知道的。他努力想着自己到底忘了哪個漏洞，是雪茄的氣味或煙灰？但他真的想不到。

他可以堅持否認，但他還是直認：「他回來了一會。」

「我已吩咐過你，你父親回來，一定要告訴我，你答應過我的。」

謙沒法向她清楚解釋昨晚的情況，他說：「媽，我們不想把妳吵醒。」

「你騙我！」母親給他一記耳光，「你答應我的事做不到，你變了。你長大後就變了。」

「我沒有變。」他的聲音哀哀的。

「你可以留住你爸，為何你不那樣做？」

「我有這樣做。」

「你沒有這樣做！」

「我真有這樣做！」他叫過爸去看一看媽，爸拒絕了。他走出的第一步就失敗了，他還能夠巴望什麼。

「你說謊！你對我說謊！」

她用力的打他，在他臉上留下一個個掌印。

謙頭昏轉向，一個站不穩，身子跌到她的梳妝檯上，把她放在檯邊的電視遙控器撞到地上，無意中觸碰到什麼掣鍵，電視熒光幕播出了一個錄影畫面，畫面分四格，竟是客廳各個角度的景象，畫面上的是謙和他的父親。

客廳內該也有裝偷聽器了吧，謙聽見自己吃力地問：「你不去看一看媽？」父親聲音沙啞地說：「她吃了安眠藥，不吵她了。也不用告訴她，我來過。」

謙恐懼地把臉轉向母親，母親雙眼牢牢盯着畫面，她低喃地道：「你說謊了。你爸也說謊了。你們都在騙我。你爸離開我。你也很快要離開我。」

謙看到她的失常，也同時看到了自己的無助，他的眼淚幾乎要奪眶而出，「媽，我不會！我不會離開妳！」

「你會！你會！」她說：「你爸會這樣做，你也會這樣做！」

「媽，我不會的。真的。我一點也不像我爸。」謙努力的笑了，「我們兩母子相依為命，好嗎？」

母親直勾勾的看着謙，她說：「**如果沒有你，如果這世上根本沒有你的存在，我就會得到幸福！**」她的神情充滿了恨意。

謙但願沒有聽到她這句話，但他清楚聽到了，便要面對自己的一文不值。他慢慢縮到牆角去，像面對着他無法面對的恐怖的局面。他的神情變得恐慌而錯亂，「對不起。媽，很對不起。我也希望這世上沒有我！」他的眼淚流滿了一臉，感覺到比起掌摑更深遠的痛楚。

常常覺得缺氧了。
如今想起來，
自己哪有一刻曾好好呼吸過？

# 第7章

# 做好事的壞人，看起來才會偉大

早就明白了：
這世界只有相對的正義，沒有絕對的真理。
由於太早洞悉世情，
一切變得不太好玩了。

我想裝作是個壞人，
做一些普通不過的好事，
偏偏被高度讚揚為改邪歸正。

1

火火和同班的張小泉秘密拍拖這件事，的確藏得很縝密。

Oscar 心態矛盾，他一方面要替火火瞞着謙，另一方面恨不得有第三者代替他揭破整件事。

Oscar 也有向B班的同學打聽過，班上的學生對她和張小泉的事一無所知。所以，他大概可猜到，兩人的約會會安排在學校範圍以外，在校內則當作沒事似的。Oscar 只好替火火更小心的隱瞞實情，這使他承受了很大的壓力。

慢慢地，Oscar 明白火火為何要與張小泉拍拖（嚴格來説，她是在偷情），並且要給他出通告，因為，那就是對他最大的懲罰。

假如，那個風雨交加的晚上，Oscar 緊緊擁抱她不放，跟她偷情的人可能就是自己了。但他放開了她，她感到被侮辱了，就找來一個人向 Oscar 示威。

她要使他心裏惘然若失，甚至惱恨自己的錯失，而她也確實成功了。

縱使如此，Oscar始終覺得，火火這次的判斷嚴重失誤。因為，假如這真是火火和他之間的恩怨，張小泉就是她報復的手段，謙卻是最無辜的。

無疑，她現在傷害到的是Oscar。可是，在往後的日子裏，她一定會傷及謙。

因此，Oscar決定向火火打探：

「張小泉說自己有女友，是不是在騙妳？」

「為何你會這麼認為？」

「否則，他就無法動搖有男友的妳。」Oscar分析說：「只有當你倆的際遇相同，可以**交換情人對自己的不好，在諸多抱怨下**兩個人就會慢慢地接近。況且，只要他一天聲稱自己有女友，對妳也不必負上責任。」

「首先，他真有一個女友。他把女友的訊息給我看了。」她說：「況且，**我倆在一起，首個條件就是不要負責任**。我倆一早默許了，這段感情會驟來驟散。」

「總之，我覺得，妳應該提防他。」Oscar 嘆口氣，苦口婆心的勸道：「千萬別對他說妳以前的事。尤其是『明星臉』那件事。」

火火簡單的說：「我告訴張小泉了，他說他並不介意。」

Oscar 看着她，突然生氣地說：「妳何時變單純了？利用自己的假資料去交換對方的真資料，這伎倆妳也不懂？」他用強調的語氣說：「我們三人不是答應過，對這事絕口不提？」

「反正，我已經說了。」她倔強的說。

Oscar 聞言，幾分鐘默不作聲。那份難堪的沉默，讓火火開始明瞭自己正在以身犯險，她放下怒氣，說：「**好吧，從今以後我不說罷了**。」

Oscar 聳了聳肩，不在乎的說：「隨妳的便，**從今以後，你的事我不想管**。」話畢，他便揚長而去。

## 2

火火喜歡張小泉，是由於他風趣幽默。

謙當然也有他的優點，他可以令她滿心溫暖，卻沒有使她發笑的能力。

Oscar 有令她笑的能力，但他卻欠缺背叛朋友的勇氣。

由於，火火極度重視這兩個朋友，兩人的缺陷在她心目中變成無限大，使憋了很久的她再受不了，故意讓自己落到張小泉手上，希望尋找一刻的安慰。

可是，縱使如此，在張小泉面前，她還是常常提起了謙和 Oscar，久而久之，她知道自己無時無刻也在掛念着兩人。

與張小泉首次爭執，也是源於二人。

當她提及那場精彩絕倫的球賽，謙和 Oscar 是如何破解對方攻門的危機，對足球毫不感興趣的張小泉，聽得索然無味，「他倆真是一對合作無間的同性戀！」

「——合上你的臭嘴！」

張小泉給火火響亮的聲音震動了一下，他捧在手裏的珍珠奶茶都灑出來。他看着臉色沉下來的她，莫名其妙的說：「什麼事了？」

「不要在我面前再說這種話！」

張小泉聽得摸不着頭腦，他語帶不忿地說：「妳也說他們是同性戀啊！」

火火木無表情的說：「對，我也這樣說，但我只是說笑。最重要的是，兩人也容許我開這種玩笑。」她的聲音頓一下，態度強硬地說：「我不容許任何人說他們的壞話，連開玩笑也不可以。我會反面的。」

張小泉不是沒領教過火火的霸道，他不硬碰，轉用風趣的語氣打圓場，「哎啊，對不起啦！下次我不敢！」

火火把一包紙巾抛到他跟前，「抹一下你的衣袖。」

張小泉用紙巾拭着沾滿茶漬的衫袖，趁她垂低頭若有所思地喝着珍珠奶茶的一刻，狠狠地盯了她一眼。

＊＊＊＊＊

一星期後，B班裏盛傳火火被前男友出賣，被拍了的短片在網絡上流傳，班上的同學熱議中。

認識火火的同學向她大膽求證，她平淡地說：「我像那些又傻又天真的女明星一樣不帶腦袋嗎？」她暗自心驚，縱使最後無人在網上找到這段短片，大家只是以訛傳訛，但已足夠深深地傷到她。

那天放學後，火火約張小泉到學校附近的醫院門口談談，談不夠兩分鐘，兩人起了激烈的爭執，她一腳踢去張小泉的重要部位，讓他活像一頭兔子，一跳一跳的進了醫院求醫。

火火在街上閒逛半小時，最後還是走到球場內，看謙和 Oscar 練波。

謙發現了坐在看台的她，高興地走向她說：「妳今天不用陪英國回來的朋友？」

失望的她看到謙的笑臉，突然覺得一切這麼熟悉，那份熟悉感使她真想大哭一場。

她用更深的笑容掩過了失落：「不用了，她提早回去了，那邊的學校要開課。」

他看到她眼裏彷彿有點淚光，溫柔地說：「練習只到傍晚，今晚一起去吃飯嗎？」

火火看看在球場內練遠射的 Oscar，她說：「我們三個。」謙遙遠地向 Oscar 示意，根本不必言語，他們便心領神會。Oscar 看了火火一眼，朝他搖了搖頭。

謙對火火說：「他可能沒有空，我倆去好嗎？」

她說：「我們三個。」

謙就走向 Oscar，跟他說了些什麼，Oscar 考慮那麼兩秒鐘，就向謙點了點頭，但 Oscar 一眼也沒有再望向火火。

謙遠遠向她豎起拇指，她的臉有點蒼白的笑了。

在 KFC，三人吃着一大桶炸雞的時候，Oscar 看着掛在店牆上的電視新聞，絕少說話。當謙去了洗手，火火把一塊肉質最嫩滑的雞腿放到 Oscar 的碟子上，Oscar 說：「我飽了。」

「我和張小泉分手了。」

Oscar 的視線這才從熒光幕轉回來，神情有些錯愕，但聲音仍是冷冷的：「謙對我說，妳的朋友回英國了所以妳感到很難過，我答應謙一起來陪伴妳只因這件事，原來不是嗎？」

「你就不能少嘲諷我一天嗎？」

Oscar 的神情緩和了一點，「為何分手了？」

火火把班上的傳聞告訴 Oscar。Oscar 替她難過，他問：「既然張小泉否認是他講出去的，妳有沒有叫他指天發誓？」

「沒有用，他指天發誓沒有用。」她說：「**我不相信他，即使他發誓，我也不相信**

**他的誓言。」**

Oscar聽到她這話，也就沒話可說了。

謙洗手回來，開始吃雞桶餐的薯蓉和葡撻，Oscar見他杯子裏的可樂喝了大半，便拿起兩公升的百事可樂，替他斟滿了。他看到火火的杯半滿，也象徵式的替她斟了一點。

她拿起杯耍鬧地說：「再斟滿一點不可以啊？」Oscar冷笑一下，把可樂斟到紙杯的邊緣，讓她的手停定在半空一動不能動，稍一郁動汽水都要滿瀉。

「大滿足了吧？」

火火終於露出這天的首個巧笑。

## 3

回家途中，Oscar致電給B班相熟的男生，對他說：「班中的傳聞可以停止了。」

「傳聞像病毒，很快散播開去了，誰也找不着源頭。那只是舉手之勞而已。」B班男生問：「你真會送我一整套《二十世紀少年》漫畫？」

「明天帶給你。」Oscar說：「但一整套太重了，我會分幾次帶給你。」

「太好了，太謝謝你！」B班男生的聲音猶疑一下，「我真想問——」

Oscar打斷他的話，他知道那男生在困惑什麼。

「你真想問：『你們不是好朋友嗎？為何你要這樣整她？』我來回答你吧。」Oscar的聲音透着苦澀：「我父親常說，女人經歷許多年惱人的月經、非人所能忍受的生產劇痛，通通都是為了男人。所以，男人一定要對女人尊重，絕對不能打罵女人。」

他把手機握緊一點，咬咬牙說：「可是，為了某些令我大動肝火的事，我真想狠狠的揍這個女人一頓。但我做不到，我的家教令我無能為力。所以，我只能借助別人的手，狠狠賞她幾個耳光。然後，我又可以用好朋友的那個身分，十分稱職的安慰她。」

B班男生絕非嘲笑的讚歎：「你真是用心良苦。」

「我討厭這一個自己。」

掛線後，Oscar 帶着傷感回家。

當他從火火口中探聽到張小泉已知道她那件事，就密謀要殲滅這個人。說過了的，他在善惡之間游移不決，一直反覆在練習改邪歸正。可是，一旦兇猛的那個他作反了，一切皆會撥正反亂，他自己也阻擋不了。

——他是個會為求達到目的，殘忍地做好事的人。

Oscar 只是沒想到，整件事比起他想像中順利，但反而使他難過得多了。他記得「明星臉」的話：「你也是男人，你一樣會這樣做！我們沒有分別！」他曾經告訴自己，他要把火火那件事永久藏在泥土下。可是，他把親手埋葬了的又挖出來，改做匿名的污點證人去指證她。

走出那個污穢又充滿粗鄙字語的升降機，還未踏進家中，Oscar 便已經透過走廊前的氣窗，聽到家人的說話聲和開得老大的電視聲。

他記起父親的話：**有任何傷心失望，也要像腳下的臭鞋，在家門前脫下，回到家裏要像回到迪士尼樂園**。他抖擻起精神，努力笑一下，就拉開了鐵閘，把鞋子隨便往玄關一丟，大叫一聲：「我回來了！」

他覺得假期開始了，一切苦難在這屋裏完全無從現形。

*****

多年以來，吃晚飯的時候，謙家中從不開電視，母親說吃飯該是一家人交談的時間。

可是，不知從哪天開始，他已經無法和母親快樂地交談了。兩人只能默默共對。

又或者，母親問一句他答一句，他不會再主動告訴她任何事了。在華麗的客廳前，吃着一頓又一頓無聲的飯。

當他把飯碗內的米粒吃光了，他說：「媽，我吃飽了，妳慢慢吃。」他站起身離開，準備返回房間內，母親說：「在茶几上，你拿去，然後準備一下。」

謙聽不明白母親的話，他走到茶几前，看見上面放着一個文件夾。他打開來一看，赫然發現有一疊美國頂級學府的入學資料、一張去程機票、一本外國銀行存摺和提款卡。

他震驚好一陣子，才問母親：「媽，我要去外國讀書嗎？」

「不用多問，只要準時出發。」

「媽，妳要送走我？」

「我是為你好。」

「我討妳厭嗎？所以——」他鼓起勇氣問了。

「你該收口了。」

謙合上了嘴巴。其實，他知道自己什麼也不必問，問下去也是白問而已，他黯然地說：「我回房間。」母親繼續吃飯。謙走回房間，把那疊文件放在牀上，他呆呆的坐在椅上，彷彿跟黑暗融合了。

一想到自己的身不由己，他幾乎呼吸不了，他打開了所有的窗，把頭探出去，讓風大剌剌的吹進來，有那麼的一瞬間，他有了「如果沒有自己世界也沒有不同」的想法。

這種想法讓他吃驚，他迅速遠離了窗框，跌坐在牀上，他的掌心正好壓在文件夾上。

那種「自己毫不重要」的病毒，正在他體內迅速蔓延開去。

＊＊＊＊＊

周日下午，火火滿心困惱，她考慮了好幾個小時，才致電找Oscar，她說：「我想你來我家一趟。」

Oscar 正用兩倍速觀看在影視店新租來的 DVD，他說沒空，她說：「是急事。」

「妳家失火了？」Oscar 說：「我解決到的事，謙也能解決，我幫妳找他。」

「我弟弟出事了。」火火說：「謙那種性格不行的，只有你能夠幫助他。」

Oscar 嘆口氣，把那套超級英雄片停播，「妳在電話裏先說一下。」

火火把情況簡述一遍，Oscar 忍不住笑意，說：「妳說得對，恐怕只有我能幫忙。」

他想了一下，「為了妳那可憐的弟弟，我可以來一下，但這件事千萬別告訴謙謙，我不要他知道我私下幫了妳。」

「這個當然，我可不想家事外揚，我答應你。」她暗暗鬆口氣。

Oscar 很快去到火火的家門前，他是第二次到來。

前一次來，他拒絕了她請他進去的邀請，他回想起來仍覺自己做法沒有不對。這一次，他是來看她的弟弟。火火替他開門，他的腳踏進去了，他亦不覺有任何不對。

Oscar 問：「他把自己關在房間裏有多久了？」

「三天。」

「他不會已變乾屍了吧？」

「他在吃飯和沖涼才會出來一下。」

「妳爸媽知不知道？」

「他們無心管理家裏的各項大小事。」

Oscar想了一下，「明天要上課了，妳害怕弟弟不肯上學？」

「我害怕的不僅如此。」火火不安地說：「這一層是廿四樓，對吧？」

他一揚手表示明瞭，「交給我就好，妳迴避一下。」

火火不服，「我是他姐姐，我為何要迴避？」

「那是男人之間的事。」

「我弟弟才八歲！」

Oscar注視着火火，火火也看着他，她受不了他眼中的堅定。她乾笑一聲說：「好吧，為了弟弟，我讓你一次，你的表演時間開始了。」她走回自己的房間，關上了房門。

Oscar感到輕鬆多了，他叩了火弟的房門，等了半分鐘也沒有回應。他在門外喊：「小弟，我是你姐姐的朋友，開一下門。」

這時候，火弟才把房門打開一道縫，用細眼睛瞄他，防備着說：「我不認識你，你來幹什麼？」

Oscar晃了晃他帶來的兩部手提遊戲機，對他笑了笑，「沒什麼，你姐姐像個遊戲白痴，我打算跟你對打。」火弟不虞有詐的打開了門。

兩人連線玩「孖寶兄弟賽車」，Oscar贏了兩局，後來就一直故意輸給火弟，這讓火弟很高興。在Load Game的時候，Oscar不經意地說：「你玩孖寶賽車好厲害啊！我真想找一天來跟你再鬥一番。你什麼時候開始放聖誕假？」

火弟從書包拿出手冊，Oscar見狀，搶過他手中的手冊翻閱，在幾天前的家長通訊欄上看到「今日於早會期間用手觸及女同學的臀部，記缺點一次。」

Oscar 不痛不癢的問：「咦？你觸及女同學的臀部嗎？」

「沒有，是我旁邊的男同學摸女同學的臀部後，再誣衊我。」很明顯是說謊的。

「是這樣啊？」他問：「你有告訴老師嗎？」

「有，但老師不相信，更罰我留堂一星期。」

「你的老師真好。」Oscar 記起什麼，在他的背囊內搜出一本殘舊的手冊，遞給火弟看，「我小學時曾因為觸摸女生的胸部，被記大過一次兼留堂三個星期。」

「胸部？」

「對。胸部。哈！我比你強得多吧！」

「你的同學有取笑你嗎？」

「整整幾個星期，女同學們看見我靠近偶爾會發出尖叫。只不過，男同學卻封了我做偶像。」Oscar 對火弟說：「所以，我認為你很快也會成為班中男生的偶像……那段呼風喚雨的日子真令人懷念啊！」

火弟另眼相看的盯着他。

Oscar 在火弟的房間逗留一個多小時了，火火試過到門外偷聽，兩人居然像在玩遊戲機，玩得興高采烈的，她心裏很納悶，勉強按捺着不拍門，把自己關在房間內。她在房間上網打發時間，在 Messenger 裏看到正在上線的謙。

謙問她：「妳在家嗎？我有些事想跟妳商量，可以在電話談談嗎？」火火的手機正在充電，便拿起房中極少使用的家居電話，致電給他。

「什麼事了？」

謙的聲音很低沉，「我不知怎樣說。」他彷彿一邊反省，一邊說：「其實……這件事是沒有商量餘地的。」

火火聽得一頭霧水，她心裏為着弟弟的事而懊惱，不耐煩地說：「你不要那麼窩囊可以嗎？有話就直說啊！」

謙在電話那頭沉寂下來，但他的唯唯諾諾真的惹怒她了。當她正要再問他什麼，也許這次會用上較溫和的語氣——可是外面卻有人叩她的房門，她知道是Oscar。

她不希望謙發現Oscar在她的家，她也急於想知道弟弟的情況，便說：「我媽叫我陪她上街，她催促我了，我等一會打回給你。」

謙的聲音似乎更失落，「嗯，好。」

火火把電話放回電話座上，便打開門給Oscar，他的神情看似十分輕鬆。她問弟弟怎樣了，Oscar說：「我開解了他。」她再三追問下，Oscar把他小時候的學生手冊拿出來（幸好火弟只有八歲，不懂問他去朋友的家怎麼會攜帶自己小時候的手冊），她揭到裏面其中一頁，看到上面寫着「今日於小息期間用手觸及女同學的胸部，記大過一次。」

她赫然的罵：「你這個淫賤的小色狼！」

「我剛才寫上去的。」

火火仔細的看，的確有幾分像他的筆迹。他更狡猾地在操行等級一欄刪改成E級，讓人將兩者自然地聯想起來，配合得天衣無縫。她猜着說：「你用這個方法安慰我弟弟？」

「他要的不是這種陳腔濫調的安慰。」Oscar 說：「我只是用這個方法獲取他的信任，才正式引入話題。」

火火無法猜透要引入什麼話題，她說：「你說下去。」

「他不開心，並非由於自己的臭史被寫進手冊裏。八歲的小朋友，根本不注重這種事。」Oscar 說：「他不開心，只因被女同學取笑了。」

「是嗎？」她揚起一邊眉。

「我問他，取笑你的同學當中有喜歡的女生嗎？他說沒有。我便對他說，那我恭喜你啦，你管那群醜女生在說什麼？明天回校，你的男同學就要封你做偶像了。因為，你做了他們敢想而不敢作的事。」Oscar 說：「妳弟弟聽完，感到高興極了。他恨不得快點上學，儘早接受……榮譽。」

「難怪你叫我迴避。」火火慘烈的搖頭，「如果我在場，我會捏住你的喉嚨，直至你氣絕身亡。」

「不要把所有八歲的小孩也當作是妳班裏的神童，更多八歲的是神經兒童。」Oscar摸摸頸項笑了，「要跟妳弟弟溝通，首先得回想起八歲時的自己。」

「我的八歲——」她苦澀的笑一下，「我懷疑八歲時的火火，有沒有存在過。」

「找回妳的家庭相簿看看，或者，像我一樣，找一天將那些發黃的舊相轉換成可放在手機內的數碼相片吧。」他向她書桌旁的打印機抬抬下巴，「妳會有意外發現的。」

「我還不至於有你這麼感性。」火火笑虐：「無論怎樣裝，你在我心裏仍是個小色狼——沒變。」

Oscar攤開雙手，無辜的說：「我又沒有摸過妳的胸，你何以見得？」

「八號風球那天的擁抱呢？」

「我的手一直安放在妳的背部，甚至沒輕掃妳的背！」

「你的胸貼到我的胸了。」她說。

「謝謝妳提醒我誰是色狼了。」Oscar 說：「不要走開，我報警！」他開玩笑的提起她的家居電話，一貼近耳邊，卻聽到聽筒裏傳來另一個環境的雜音，過了兩秒，便傳來對方匆匆掛線的聲音。

Oscar 呆了半晌，驚醒過來問：「妳剛才跟誰通電話了？」

火火奇怪地說：「謙，怎樣？」

Oscar 整副心情如骨牌般倒下來，他告訴她，有些無線電話一插上電話座，就會自動掛線並開始充電功能。有些則非常愚蠢，你滿以為把它放回電話座，它還是在繼續通話中，直至對方掛線了。

Oscar 一臉凝重的說：「他大概聽到我倆剛才的對話了。」

如果每個人心裏也有潘朵拉的盒子，
要是把自己的盒子打開，
裏面一定只剩下絕望……

# 第8章

# 只要能鼓起勇氣，誰也是個英雄

曾經聽過一句話，
使我整個人大大地怔然：
只有走投無路，人才會鼓起勇氣自殺！
一直以為自殺是消極的想法，
原來那是種衝破一切的勇氣。

是不是可以換句話說：
如果能夠救起自己，
誰也可以送給自己一個英雄。

1

Oscar 一直不能確定謙是否聽到他與火火的對話，那是個很考人的難題。

萬一確定了，那反而好辦，向謙好好解釋就可以了。可是，Oscar 卻在懷疑和確定之間，這使他變得進退兩難，主動說了只恐怕會講多錯多，憋在心裏就更不舒服。

只有 Oscar 自己才明白，他是心虛了。

無論如何，在那個八號風球下，他對火火訴說了自己真正的心情。就算他及時控制住自己，輕輕推開了她。但他首先失控的把她擁進了懷抱裏，那是無從否認的事。

再見謙的時候，謙如常親切，彷彿無事發生。而無論謙只是不動聲息，抑或 Oscar 自己想得太多了，這也讓 Oscar 承受着一股逼人的氣壓，自責的感覺愈來愈重。

Oscar 心裏想：**沒有人不懂得説謊，但沒有太多人能夠説謊而感到不心虛。一心虛人就變小了，一心虛就要完蛋了。**他一直想要避免這個致命的老毛病，可是他又重犯了。

在接下來的一場校際足球比賽中，兩隊勢均力敵，雙方久攻不下。

到了下半場的最後十分鐘，謙接住一記遠射後，把球傳到在後防位置的 Oscar 腳下，Oscar 精神一下不集中，在對方兩個前鋒球員壓迫下，只好把球傳給謙。另一個中鋒卻迅速掩前，在中途攔截了 Oscar 乏勁的回傳，用帽子戲法扭過謙，把球送進龍門內。

在接下來的時間，就算 Oscar 所屬的足球隊全力反撲，但還是無功而還，因而喪失本年度打進準決賽的資格。

返回更衣室後，每個隊員也垂頭喪氣，Oscar 記起謙獨對前鋒的可憐相，他沒去洗澡，從儲物櫃內提起背囊，對大家落寞地說：「我決定退出校隊——為了我剛才嚴重的失誤。」

眾球員一同抬起雙眼，Oscar 對大家說：「很對不起！」他轉向疲累地坐在長椅上的謙，「對不起，尤其是你！」話畢，Oscar 不讓任何人說任何話，馬上轉身離開更衣室。

Oscar 走過看台前面，觀眾散去了大半。在看台上等待二人的火火發現了仍穿着運動服、滿身污垢的他。Oscar 瞄瞄看台上的她，就直走過她面前。

這個時候，謙從後趕上，他滿頭大汗的，連龍門手套也未脫下，他在 Oscar 身後喊道：「要是你不玩，我也退出好了！」

Oscar 轉過身子，走到謙面前，突然間很生氣地問：「你不管我不就可以了嗎？」

「共同進退不就可以了嗎？」謙用平靜的語氣問。

Oscar受不了謙的正義感。或許，其實他更受不了的，是謙仍把自己視作最好的朋友。這像是謙給予他的以德報怨。如果他接受這個施捨，一定會痛苦莫名。

Oscar 的情緒繃得緊緊的，他說了雙重含意的話：「總有一天，總會為了某件事，我們會分道揚鑣的吧。」

謙問：「為了我無意之中聽到你倆的對話？」

Oscar 聽到這話，活像一條因拉得太緊、最終斷開了的膠皮圈，他整個人反而完全放鬆下來，但他卻連一句話也說不出來。

那是因為，他聞到離別的氣味，這種氣味讓他鼻子酸酸的。

火火呆站在看台上，彷彿有着同樣的感受，她寂然無聲。

「我知道了，這是愚人節的節目吧？」謙努力的笑着，努力得近乎吃力地說：「告訴我啊，你只是預支了再下一年的愚人節節目！你倆合謀作弄我，是不是？你說一聲『是』就可以了，只要你說一聲『是』，我就相信了！」

看台上的觀眾們離他們遠遠的，不可能聽到兩人的對話，但 Oscar 覺得每個人都在偷聽他的話。

他心虛了，心裏好像打開了一個能夠把一切吸進去的大洞，他急於要關上它，讓自己不至於掉進無底深潭。

Oscar 對謙殘忍地說：「不是。」

謙像是一個站不穩，身子猛烈晃動了一下，才能站在原地。Oscar 咬咬牙的說：「你現在該明白，我們為何要分道揚鑣。」他轉身離開，雙眼濕潤起來，連前面的路都模糊一遍。他祈求謙不要開口喊住他，讓他得償所願。

謙這次並沒有再次開口留住他。

火火眼睜睜看着二人決裂的一幕，她跌坐回看台的座位上，像親眼目睹了一宗謀殺案。

過了好久，她看着仍是釘在原地的謙，對他動了前所未有的憐惜之心，向他慢慢走過去了。

## 2

從那天起，Oscar、謙和火火便不相往來。

世事奇妙，就算三人身在同一所學校、同一層數，但兩人碰見的機會卻微乎其微。

三人沒約去吃飯，但吃飯的地點還不是那幾個，但就是一次也遇不上對方。乘搭火車也一樣，一開始 Oscar 是故意避開火火和謙，刻意拖慢了步伐才上車。到了後來，Oscar 沒有刻意這樣做了，有一次 Oscar 坐上列車，車子在月台前慢走離開時，他看到正蹲在月台上執拾跌得滿地課本的謙。

另外有兩次，Oscar 在月台上，目送着在車上低頭看書的謙、火火則坐在他身邊掃着手機熒幕。

Oscar 偷偷發現，火火對謙好起來了，他弄不清她是內疚，抑或她只是剛巧最近沒有喜歡的人。但他喜歡保持這種不介入的清晰距離，連嫌疑身分也解除了，那使他自己覺得安樂自在。

Oscar 但願火火會永遠留在謙身邊，連帶 Oscar 他的那一份。

復活節假期開始，一連十幾天假期，Oscar 沒朋友可約，感到很寂寞，他走到了人多的地區，藉着被別人經常撞到肩膊所帶來的疼痛來確認自己。

有天下午，Oscar 路過旺角街頭，見到有個義工在行人區向路人兜搭，卻被拒絕得很慘。他走到那個滿臉頹喪的人面前，手插在衣袋問他（他認為只要不掏出雙手來，就不會被騙錢）：「關於什麼的？」義工綻出一個回復希望的眼神，急急的說：「先生，我們為性工作者爭取合理權益。」

他哦了一聲，不明所以的問：「爭取加薪啊？」

義工說：「不，是爭取免費驗身服務。」他更不明白了，從衣袋裏掏出一隻手，搶走義工手中的宣傳單張研究。

最後，他被說服支持這個要搜集一萬個支持者簽名的活動，他在其中一欄簽了名（姓名：謙），並以謙的名義損助了一百元。

謙到圖書館找美國生活的參考書，準備即將啟程的留學生活，他不知不覺便留到圖書館的關館時間，心想：差不多要離開了。這類美國生活的參考書是半冷門書籍，相信無人會爭用。他走過原來放書的地方，卻沒有把書放回原處，而是把它放在另一列無人問津的書架上，像藏寶似的把書放到幾本名不經傳的愛情小說後面，他想：這只是一個無傷大雅的小玩笑。

回家的時候，車廂空蕩蕩，謙試着坐了與行車方向相反的座位，因為不習慣而感到天旋地轉。

火火帶弟弟到麥當勞吃沒營養的套餐，她將茄汁塗在薯條上，一條接一條的吃着。她記住Oscar的話：「八歲小朋友不開心，並非自己的臭史被寫進手冊。他很不開心，只因被女生取笑了。」

她問弟弟：「你在學校怎樣了？同學們都喜歡你嗎？」

「當然！最近我自薦做男班長，獲得全部男同學舉手支持呢！」

火火看到一位母親正捧着餐盤，帶小孩子在全場滿座的餐廳內找座位。她突然心血來潮，向那位母親遠遠的揚了一下手，然後，對弟弟說：「我們邊走邊談。」她離開座位時，那位母親對她報以感激一笑，「謝謝。」她有點不習慣的微笑了，快要走出餐廳時，弟弟說：「姐，我是班長，我不想陪妳上警車！」她這才發現，原來自己無意識地拿着餐盤離開了。她把餐盤放到垃圾箱上，活像她取笑過的那個「免費清潔工人」。她的行為令她自己感到害羞又驚訝。

## 3

在上機倒數前三天，謙才向火火交代他到美國留學的事，火火雙眼幾乎冒火，大聲喝道：「你何不去到美國才致電告訴我？」他百詞莫辯，她是忘記那次他想跟她在電話商量的事了。他老實的說：「我一直不知怎樣說，我——」

火火罵下去：「你不懂講廣東話嗎？用英語或普通話，加少許韓語我也聽得懂！」

她的話使他無所適從。他嘆口氣說：「因為，我知道，如果我告訴妳，妳會轉告Oscar。我不希望他太早知道。」他彷彿猶疑地說：「最好待我離去後——」

火火記起Oscar的話，她乾笑一下説：「那又是男人之間的事了？」

「不，我只希望一個人靜靜地離開香港。」謙説：「那麼，我應該可以用平靜的心情在那邊度過四年。」

火火注視着他，感受到他心情之複雜。她試着問：「你真的不想告訴Oscar？」

謙靜默一會，表情很確定，聲音卻軟弱無力地説：「真的不想。」

Oscar從火火口中聽到這消息，感覺受了非常大的傷害。

Oscar想，謙是為了自己而離開，火火告訴他不是，是他母親迫使的。

「如果他找我商量，一切可能會變得不同。」Oscar自忖：「他母親的迫使，正好跟我倆鬧翻的時間交疊了，他只是因利成便。」

他不明白自己為何要這樣想，但他對自己的直覺深信不疑。

火火説：「他臨走前一天，希望可以替我預祝生日。他説明年開始，不一定能夠順利回港，因此，他希望一併預祝五年的生日。」她問Oscar：「你會去嗎？」

「你倆相處一下不好嗎？」

「我們三個。」

「他希望這樣？」

「他明知我會告訴你。」

Oscar 卻一直遲疑。

火火追問：「怎樣了？」

他說出心底話：「我大概該讓他用平靜的心情離開香港。」她還沒告訴 Oscar 關於謙說的那番話，她因兩人的心有靈犀感到驚訝，她說：「你倆注定要做好朋友的！」

火火遂致電詢問謙，他正在家中執拾行李，聽到 Oscar 想加入，他感動極了，他叫自己掩飾興奮的心情，「他希望這樣嗎？」

「你明知我會告訴他。」

謙有一刻的遲疑。火火便問：「怎樣了？」

「我很高興他會出席。但我去讀書的那件事，可不可以不當作一回事，提也不要提？」

火火在電話這邊乾笑，「他正準備這樣做。」

*****

那個晚上，火火比約定時間遲到了半小時，當她希望以一個君臨天下的姿態出現，走進那家熱鬧的酒吧，卻發現謙和 Oscar 竟也未到，她整個人洩氣下來，找了個四人座位坐下，點了一桶半打裝喜力，一邊喝啤酒解悶，一邊致電給兩人，催了謙，又致電給 Oscar：「白痴，你還不快來！」

「謙謙呢？」

「你倆居然也遲到了，在玩鬥慢比賽嗎？」火火得勢不饒人的說：「我知道了，你倆舊情人見面，怕尷尬了吧？」

Oscar答應儘快趕來。他放下電話，打開冰箱，感受着透心的涼意。

他的心情像得到舒緩了，他深吸一口冷氣，關好冰箱的門，便走出了家門。抵達酒吧，他還想到處找火火，那個來過幾次就相熟了的侍應阿剛，看見Oscar便抓着他說，火火剛才在獨飲，坐在附近的男人來逗她猜枚，她就應戰了。那男人的女友來到，指責火火勾引她的男友，兩人異言不合，把擂台上的顧客都給趕下來，上台去對打了。

Oscar頭痛地說：「她又發神經了！」他不情不願的走了過去，顧客們正團團圍着設計成擂台的一角，氣氛彷彿很熾熱。火火選擇在這裏對打，就是愛看熱鬧。在平時，只要酒客肯付錢，就可以走上擂台打拳洩憤，侍應們則輪流充當不可還手的「人肉沙包」。

Oscar聽到大家在吶喊助威，擂台上方五彩斑斕的射燈阻礙了他的視線，他一時無法看清楚擂台上發生什麼事。他勉強擠開圍觀的人牆，走到圍上繩子的擂台前，正好瞧見火火被一名長腿少女逼到繩角，利用她挨向圍繩上的反彈力，一記直拳便正中火火的面頰，讓她砰然倒地。

圍觀的人爆出一陣歡呼聲。

在地上掩着臉的火火，露出痛楚又暈眩的表情。Oscar 蹲下身來，對她說：「夠了，不要玩啦！」

「你以為我在玩？」火火乍見 Oscar，用力的瞪他一眼，便強撐起身子，跟長腿少女再打起來。

Oscar「唉」了一聲，他也夠了解她的性格了，她是會打到有一方要完全倒地不起為止的吧。

他想起阿剛的話，就轉而去找那個逗火火猜枚的男人。

他看到長腿少女向台下一個雙手抱胸的男人笑了笑，男人只是把雙手交叉放在胸前，一副袖手旁觀的樣子。

Oscar 忍不住步向那男人，向他急急的問：「喂，你到底什麼事了？看着女友和別人打架，你居然不去阻止？」

男人笑着哼了一聲，他說：「我女友學泰拳的。」

Oscar 心裏涼了一截，半句話也說不出來。

男人嘿嘿笑，「如果可以起腳，她早就死掉！」

這個時候，火火又再倒下。Oscar 這次在圍繩外拉着她的手臂，不讓她站起來，對她認真地說：「不要再打下去，妳不可能有勝算！」

「也許是！也許並不！但也與你無關！」火火用力掙脫了他的手，站起身來。

「謙不在，我只好替代他，做他會做的事囉！」

火火聽不懂他的話，她只是把雙手的拳套碰擊了一下，又走向長腿少女。

與此同時，Oscar 也走向那個袖手旁觀的男人，理直氣壯地大聲說：「你女友怎麼誣衊我女友？」他猛力一拳打在男人的臉頰上，男人抱着臉，怒氣沖天的撲向 Oscar，與他扭成一團。

他鼓起的不是他自己的勇氣，如果還有選擇，他是會息事寧人的。但在沒法子之下，他鼓起的是謙的勇氣（如果謙在場，他一定會這樣做）。在擂台上的火火見狀，不但沒阻止，反而心情愉快地笑了起來。她心裏在笑：這個白痴正跟我並肩作戰啊！

長腿少女重複使出三記右勾拳，火火也故意捱了她三記。當少女乘勝追擊，出第四個勾拳之際，火火突然閃身漂亮的避過，然後，趁少女打中空氣頓失了重心，她使出了全身的勁度擊出一記重重的下勾拳，結結實實捶到了長腿少女的下巴。

少女向後飛彈逾三尺後，軟攤在地上，緊閉雙眼不省人事了。

十分鐘後，Oscar 被阿剛送到雜物房內療傷。男人把 Oscar 揍得像個豬頭，他恐怕會招惹警察，拉着雙腳發軟的長腿少女，急急的離開了。

火火在廁所洗一把臉，吐了幾口帶血的口水才走出來，她看見傷勢不輕的 Oscar，語氣仍是倔強的：「你不是就此死掉了吧？」

他的嘴巴硬得很：「也許是！也許並不！但也與你無關！」

火火聞聲，她取過阿剛手上的消毒藥水和紗布等，叫阿剛來讓她來處理就好。

當阿剛走了開去，她便蹲到坐在一箱啤酒上的 Oscar 面前，用棉花沾了消毒藥水，替他洗滌着傷口，並笑笑的問他：「我們不是好朋友嗎？」

Oscar 不想窩囊地雪雪呼痛，但擦傷的傷口真的痛死了，他只得忍痛的猛皺着眉說：「如果妳真是我的好朋友，妳一早給我勸下台了！」

火火不好意思的笑了，她隻字不提地說：「幸好你及時趕到，好好激勵我的士氣。否則，正如你所說的，我這次不可能會贏。」她看着他一片紫一片紅的臉，「我卻連累你捱揍了。」

「喂，不要把我說得像個沙包，我也有揍他啊！」Oscar 不甘示弱地說：「雖然他裝得若無其事，但不見得比我傷得輕，說不定我已震斷他的五經六脈，他現正送院途中！」

她一邊拭着他頭皮上的血迹，一邊涼薄地說：「對啊，還要配合你身穿的軍綠夾克，再加上你臉上的傷，簡直就像從伊拉克打仗回來了！」

他看到她忍俊不禁的反應，他也為自己的話而失笑了。

火火見到他笑，她也笑了起來。

兩人的笑聲愈來愈烈，最後，Oscar 笑至傷口劇痛，一直笑一直有裂開的痛。蹲着的火火則笑得跌坐在地上，她彎着腰連站也站不起來。

兩人走回酒吧，阿剛用內疚的表情説：「很抱歉，老闆叫我轉告，本店不歡迎你倆再來了。」

Oscar 知道兩人把酒吧弄得一團糟，老闆大可報警，但他沒有。Oscar 默默點一下頭，表示答應。兩人把身上一分一毫也挖了出來，就當作賠償店子的損失。

臨走出門口前，Oscar 轉頭向阿剛表示感激，阿剛也向他作個「真要好好看管這個女孩子了」的神情。接着，Oscar 便加快了腳步，追上頭也不回的火火。

Oscar 那被揍的臉，惹來了街上路人奇異的目光，他應該感到尷尬，但奇怪的是，走在火火身邊的他，一點也不羞愧，反而覺得自己終於像回一個勇敢地保護女人的真男人。

正當兩人拐過了酒吧的轉角，剛巧碰見了踏着匆忙步伐的謙，他手裏捧着個巨大的蛋糕盒，看到兩人一個傷一個披頭散髮，他赫然問兩人發生何事了，火火生氣地反問：「你遲到了，你又發生何事了？」

「我做蛋糕。」他真心地道歉：「很對不起，是我延誤了時間。」

「好端端的，做什麼蛋糕？」

「生日蛋糕！」

「誰生日呢？」

Oscar 提醒她：「我們今晚要替妳預祝生日。」

火火這才記起來，她沉默片刻，不服輸地說：「在這個年代，誰還會吃生日蛋糕啊？老套！」

「妳最好只看不吃。」Oscar 說：「我今天的晚餐就吃生日蛋糕。」

謙看看 Oscar，滿以為會對 Oscar 感到陌生。但實情不是，只要面對着他，一陣熟悉感就充滿了心頭。

他向 Oscar 含蓄笑一下，而 Oscar 也向他報以更含蓄的微笑。

三人無法返回酒吧，也沒有找另一家酒吧的心情，便改到一個小公園的涼亭慶祝。Oscar 怕會掃了謙的興，樂觀地說在公園切蛋糕不用付「切餅費」，他們還在便利店買了幾瓶特別昂貴的含酒精飲料。

謙打開盒子——他自稱這是一個朱古力芝士蛋糕，只見它呈現着不平衡的三角形，表層的忌廉芝士正在溶化。謙一臉不好意思，「我造得太差了，大家多多包涵。」

「我只是不明白，為何你要做一個蛋糕？」火火不解地問。

「記得那一次嗎？我們在西餐廳吃飯，旁邊的一檯突然搬出一個生日蛋糕，讓生日的人一陣驚喜，妳那時候說：『如果真有心思，那就應該親手做一個啊！』我一直牢記着妳的話。」

「我也記得啊。」Oscar 附和地說：「但我可沒有做蛋糕的天分。」

火火沒太大的感動，她當時只是順口溜了吧。她說：「希望不會吃壞肚子。」

切蛋糕之前，火火說要拍一張照片留念。當她分別和 Oscar、謙合照後，她取過手機，跟兩人說：「你倆也來拍一張。」

兩人感到很不自然。

Oscar 對她說：「要拍那麼多照片嗎？蛋糕要溶了！」

「我今天不該有話事權嗎？」

兩人只好並排在小小的蛋糕前，中間卻隔着半個人的身位，火火沒好氣地說：「靠近一點！」

兩人肩貼肩的靠在一起，卻分別把手插進牛仔褲袋與外套袋中，火火又表示不滿：「你們不是總喜歡搭着膊頭的嗎？」

Oscar 感到他和謙的處境愈來愈窘，他按捺不住情緒，木着口面說：「喂，妳就不能隨便拍一張嗎？」

火火把手機放下來，「我不拍了。」她重重的坐到一張長椅上，「這不是我想要的。」

Oscar 猛皺眉頭，「妳想要什麼？」

「我想你們可以歡容一點，不要讓我誤以為你們來『參加』我的喪禮，不可以嗎？」

「去『參加』妳的喪禮，恐怕妳很難看到我的表情。」

謙見兩人又吵起來，這時才開口說：「大家不要這樣，好嗎？」

火火和 Oscar 一起靜下來。

「我們都知道發生什麼問題了，是不是？」謙說：「既然如此，我們為何硬要假裝若無其事？」

Oscar 心裏叫了聲好，「那麼，我們現在就地解決吧。」他痛快地說：「謙謙，你打我吧，隨便的打，打到你滿意為止。」

謙苦笑問：「我為何要這樣做？」

「因為，你是個君子，如果你要打我，我就有被你打的理由。」Oscar 說了心裏的想法：「只要你洩了心頭之恨，我們之間就會心無芥蒂！」

「如果我憎恨一個人，我不會打他，我只會遠離他，就像我避開街上飄過來的煙味。」謙搖着頭說：「我認為，真正把對方視作朋友，該是那樣的。」

Oscar 挺直了腰板，「怎樣？」

**「就算鬧翻了也好，只要有一方願意主動和對方說話，另一方也會開始回應。真正的友誼，就該是這樣。」**

接着，他慢慢伸直兩臂，做了個 T 字姿勢。

Oscar 聽着謙那番話，看到他的那個動作，他內心最軟弱的地方泫然欲泣。那是三人之間一早有默契的暗號，無論玩什麼遊戲，只要誰打出 T 字手勢，遊戲也就完結，而三人也一直嚴格遵守。

Oscar 嚴肅的表情放鬆下來，義無反顧的用兩臂擺出了　字。

坐在長椅上的火火，也給眼前這兩個人所感動，「你們這兩個……」她用雙手掩臉，說不出評語了，直至很久之後才把雙臂放下來，「我們三個都是……」她草草地擺出個T字姿勢，神情中卻顯露着難得的羞澀。

三人和平地和解了，那種大家始終還是朋友的感覺，勾勒在謙和Oscar的心頭，那種喜悅無以復加。

謙對二人說：

「我們可不可以在今天離別後，當作明天就會見面？然後，一眨眼的，下一次見面可能是一年後或四年後？」

Oscar心裏一酸，聲音更大：「當然可以啊！」

「那麼，我們就當作明天一如平常的見面。我去讀書的事不要提？」

火火提醒他：「是你自己提起啊。」

Oscar刻意裝作不小心的踐了火火的腳一下，她瞪着Oscar問：「幹麼？」

謙則說：「嗯，我真笨。」

到了深夜時分，三人乘火車回家。天空突然下起雨來。車廂外的景物變得模糊了，感覺好像看不清楚的明天。

三人遵守承諾，如像明天就會見面似的道別。

步出車站，謙看看手錶，還差十五分鐘才到十二時，他看看就在不遠處最高的那棟貴氣的大廈，他不用三分鐘就能踏進家門了，可是，他今晚實在不想回家，但他也沒有更好的主意。

他在雨粉紛飛的大街上，走三步退兩步的踱着，直至看見一輛小巴朝他迎面駛來，他甚至沒有看清楚終站往哪兒，就向司機揚了揚手。

跳進車廂，當車子向着大廈的反方向開行，他感覺自己復活過來。

## 4

Oscar 回家後，沒有洗澡，馬上就追看深宵重播的劇集，說是「追看」有點奇怪，他不是早已看過了嗎？但他好像給洗腦了，數年前的回憶不復，他像看着一齣全新的劇集。

這使他感到憂愁，三四年時間可真可沖淡一切嗎？

這個時候，他接到謙的電話：「我今晚不能回家。」Oscar 嚇一跳問：「為什麼？」

「出閘的時候出問題，在票務處耽誤一會，時間剛過了。」他微笑了，想起火火的話。

Oscar 說去找他，他再三推辭，Oscar 說：「我們約好了，誰下一次要離家出走，就要去那裏集合。」謙說不過他，Oscar 趕出去會他。

Oscar 走到尖沙咀碼頭，謙遞上一杯 Starbucks 的熱咖啡，「這是店子關門前的最後兩杯。」

Oscar 十分愉快，「敬 Starbucks！」兩人碰了碰紙杯，呷一口，整個人都暖起來。

天氣開始轉壞了，一時間風雨交加，兩人並肩靠在文化中心一根石柱後，蹺起二郎腿呷着熱咖啡。天上不停閃着悶雷，Oscar 笑說兩人像鎂光燈下的明星，謙卻說自己無福消受，他懷念的只有家中的睡牀而已。

整個世界的雨好像都匯聚在這一刻落下，把戶外變成澤國。

當 Oscar 心想：「如果火火在這一刻也在，那有多好啊！」就在同時，從瀑布似的雨幕下看到一把招搖的紅色傘子，他精神一振的微笑起來，「皇后駕到！」

三人圍圈坐在地上促膝談心，無所不談的。這一次，話題扯到了這生人遇上最侮辱的一件事。三人分別說了自己的遭遇。謙喝光了咖啡，便睏得要命，他筋疲力盡的靠在柱上睡着了。

火火和 Oscar 站在簷篷下，觀看對岸模糊的維港，雖然雨下得很大，但奇怪的是沒有一點風，讓兩人感到正身處在一個極奇妙的空間。

「你知道嗎？」

「我該知道什麼？」

「我知道你一定會來陪他。今晚雷電交加，我放心不下的不是他，是你。」火火把雙臂伸進那道水牆之中，任由雨水打向她的掌心，「我想見的也是你。」

「我知道。」Oscar 問：「但我可以假裝不知道嗎？」

「你可以嗎？」

Oscar 沉默一下說：「我不可以。」

「那就不要假裝不知道。」火火說：「你沒有避開我的超能力。」

她把雙掌從雨中收回，卻掏了一把雨水，出其不意的往 Oscar 臉上潑去。Oscar 冷不防被戲弄了，一頭一臉也是冰冷的水珠。他用衣袖抹了臉，一言不發的提起傘子，把它拿到雨中沖洗一會，傘子變得濕淋淋了，就朝她走過來，見她想找地方去躲，他提醒她說：「妳逃得出我的視線以外嗎？不能。妳已被困，無處可躲了。」

火火像一頭遇上大黑熊的母獅子，一邊後退一邊防禦的看着他，「喂喂喂，男人不欺負女人。」

「廢話。」Oscar 猛地對住她打開傘子，無數雨點向她噴過去，令她避可無避。他慢慢地說：「妳要求男女平等。」

火火要追打 Oscar，他就學着「查理」以八字腳走路，又學着「查理」轉動傘子，圍繞着那些柱子以「S」字形充滿幽默感地逃走。

謙被火火的叫聲吵醒，他迷迷糊糊地張開眼睛，看見火火和 Oscar 正在快樂地互相追逐嬉戲。想起來，他再笨也知道，兩人是會來這裏找他的，如果他一生人還是會自私一次，就找今次吧。他縮了縮身子，一樣東西從他的肩膊兩旁滑落，他看清楚，原來是 Oscar 的軍綠色夾克，他笑了笑，把它重新拉到頸項前，也不理會玩得興起的兩人，溫暖地沉沉睡去，輕鬆得像睡在自己的牀上。

清晨時分，謙「放走」二人。

火火樣子很睏，眼圈部分黑了一片，她卻不承認，只說是眼影脱落。Oscar 一口氣喝了兩枝「紅牛」，說他今天要參加遊行請願，為罷工的父親謀取福利。

三人慢步到火車站，留意着四周清晨的景物，路過報攤時，他們一同研究每份報紙的頭條，感覺像是在儘量拖延時間。到了謙要下車的那個站，三人抑壓着滿腔的情緒，輕鬆告別。

「謙謙，再見了。」Oscar 嚼着口香糖說。火火也說：「再見。」

「再見。」謙看着眼前的兩張臉，喉頭緊緊的，回報以最愉快的笑容。接着，他頭也不回的，步出了車廂。

就算情況有多糟也不緊要的，
我寧願瞧你那副與全世界抗衡的表情，
也不要你悲哀下來，
我就是看不慣你的傷心失望……

# 第9章

# 真正熱情的人，都是純潔的

就算在這個世界上，
天真是一種極嚴重的災難，
我還是會巴望遇上熱情的人。

真正熱情的人，
內心都是純潔的。
我想再次看到世上還有美好的事情

# 1

中午時分，Oscar 與父親在維多利亞公園的籃球場靜坐，聽工會領袖煽動性的發言，內容關於被發展商欺壓已久的悲憤事件。

接着，下午二時正，工人們和伴隨工人而來的家屬，浩浩蕩蕩向着政府總部出發，大家高喊着口號。警方為遊行的地盤工人封了半段路，被阻的途人們皆以不友善的目光瞧向他們。

Oscar 一直努力想要支持父親，他一點也不覺疲倦，但是，他卻感到自己心神恍惚。走到半途，他看到一家鐘錶店門前展示着一個圓形大鐘，他開口問：「爸——」

「什麼事？」

「爸，我有個朋友要離開香港了，但他不讓我去送機，我該不該送？」

父親反問他：「如果有一天我要死了，但我死前說過不讓你送終，你會不會送？」

Oscar 聽父親的話就醒覺了，他心裏在想：在我考慮着對方感受的同時，對方更着緊我會不會難受。原來，謙不讓我送，只為了怕我太傷心而已。

「你突然提起這件事，你朋友是現在要離開吧？」父親問。

Oscar 點了一下頭。

父親伸手把 Oscar 舉着的那個寫上爭取權益字語的紙牌搶過來，對 Oscar 說：「快去！」

「這樣做不太好。」

「示威固然重要，但並非最迫切的。」父親說：**「每個人也有責任去做讓自己顯得更重要的事。」**

「爸，我明白了。」他整個人釋懷，微笑了起來，「如果我能夠趕回來，我會跟你會合。」

父親點點頭，Oscar 走了幾步就被叫住：「喂，你連頭巾也要帶去啊？」Oscar 取笑一下自己，他真的太焦急了。

他把綁在頭上那「資方無良！工人無罪！」的紅字白色頭巾脱下，遞給父親時，他笑着説：「為了掙錢養家！要加油哦！」父親説：「你的零用錢已超越通脹幅度。」

「那麼，我將來給你的養老金，也一定會超通脹。」兩人笑着道別。

Oscar 在心裏説了沒説出口的一句：真慶幸我是這個男人的兒子。

## 2

返回家中，火火滿以為會倒頭大睡。洗澡後，她整個人反而更精神了，在牀上一直輾轉無眠。

終於，她跳起了身，在家裏找不到任何一個人，父母親不知帶弟弟到哪裏去了。扭開電視機，按下幾百個台也沒有一個讓她感到愜意。

她到廚房找吃的，等候杯麵煮熟的三分鐘期間，她路過雜物房，突然心血來潮，就打開了從沒打開過的房門，亮了裏面的燈，從幾十呎的狹窄房間內，在一大堆鞋盒和舊手袋旁邊，捧出了幾本厚厚的家庭相簿。

她一邊吃杯麵，一邊翻相簿。

相片的右下角印着拍照日期，她像揭密一樣尋找着八歲的自己，正如她對 Oscar 提起過：她懷疑八歲時的自己有沒有存在過。而她也期待着去應驗 Oscar 口中的一句：妳會有意外發現。

她一頁一頁的翻着，從她的嬰兒照片至童年，當揭到她八歲的年份，她給自己證實了，八歲的火火確實存在過。而且，使她感到目瞪口呆的是，在每張照片上，當時八歲的火火皆流露着恍如毫無煩惱、天真爛漫的笑容。更重要的是，每張相片裏，父母親也傍在火火身邊，兩人的笑容合拍一致，儼然就是幸福齊整的一家人。

吃完杯麵，打開電腦和打印機，火火從相簿裏拿出一張張她八歲的相片，傳進電腦，利用打印機的舊相翻新功能令發黃的相片光亮如新，她感到自己像重生過來。

她想起了仍在香港的謙，她很希望給他看看，便想到傳一張到他的手機，當她的指頭放在「發送」的掣鍵上，一下子卻沒有按下去，她對着自己的童年照片低喃：「白痴，妳在做什麼？」

她從椅上跳下來，用少於一分鐘的時間換過便服，衝出了家門。

## 3

中午時分，謙帶着行李，走到母親房間門前，輕輕敲了她的門。

母親在房內說：「什麼事？」

「我要出發了。」

「我不去機場了，你自己出發吧。」

憑着聲音的遠近，謙聽得出母親就在房門的另一端，但兩人隔着一道薄薄的門，竟也不要見最後一面。謙不知道母親是不是怪他昨天的徹夜不歸，抑或她但願不再見到他。

謙知道自己是捨不得母親，但也由於深愛着她，就盡力配合去給她擺佈了。可是，另一方面，他擔憂再也找不到任何人給母親發洩。

過了整整半分鐘，他才用洪亮的聲音說：「媽，我到步後會長期開着妳給我的電話號碼，妳有事要隨時找我。」再等了好半晌，他得不到回應，他說：「媽，我走了。妳保重。」

他拖着兩個巨大的行李箱離去。

行李箱的滾輪磨擦地板發出哀鳴一樣的聲音。走出家門的時候，他彷彿聽到一下扭動門把的聲音。母親也許從房間走出來了，也許沒有，但他沒有等到答案，就像為了自我懲罰似的，用力關上了門，咬一咬牙，從家中撤離。

正如，母親告訴他的，如果沒有他這個兒子，她會不會生活得更好？

去到機場，謙辦理了登機手續，放下兩手沉重的行李，卻沒有感到自己放輕一點。候機的時間，他並沒有走過海關，只是在機場內徘徊，讓自己感覺上仍在香港，只希望待到最後一刻才離去。

他走進書店，買了兩本書，看到一間Starbucks，突然就笑起來了，他買了一杯熱咖啡，就坐到裏面去。他把仍是香港電訊台的手機放到桌前，確定它是接收正常。他不希望錯過任何人的任何來電，可是，電話一次也沒有響起。

距離真正要踏進海關和登機，大概只剩下半小時了，睡得很少的他閉目養神，但他知道自己絕不會因此誤了班次，他不屬於要全機乘客等候他的那種人，他一定會及時醒來的。

在他腦海中，浮過很多回憶的片段，大部分也關於火火和Oscar，其次是母親，對父親的記憶則淡然無味，這些積壓着的思憶令他時而輕笑，時而木着臉。

當他睜開眼時，對面的座位坐着Oscar，他正呷着一杯冒白煙的熱咖啡，Oscar看見他醒來，用依稀平常的語氣問：「謙謙，要不要加忌廉？」

謙簡直就是傻了，呆呆的不懂得反應。

Oscar 便逕自拿起桌上謙喝了半杯的咖啡，跑去櫃台要求添加忌廉。女服務員替他加了少許，Oscar 打氣似的笑說：「多一點！再多一點！這是一杯價值四十元的咖啡哦！你們的利錢起碼有十倍！多買兩支忌廉也不會結業的啦！」女服務員給他引得發笑了，把忌廉加到杯頂水平一樣滿，他才滿意了，把杯子放在謙面前。

「你去到那邊，一定要秀一口流利的英語，讓那些大美國主義的鬼對你另眼相看！」Oscar 蠻有感受的説：「你知道的，始終也是寄人籬下嘛，你不努力去爭取，連咖啡的杯蓋也未必肯給你！」

謙看着 Oscar，「我會注意的。」

Oscar 拿起他放在桌邊的書店膠袋，「你買了什麼書上機？讓我看看是否禁書，什麼『拉登是我生命中的明燈』、『特朗普最離譜的一次性派對』之類，免得你到了美國被列入恐怖分子，被人遣返阿富汗。」他把兩本書拿出來，一時間感到愕然了，謙也面露尷尬之色。

Oscar很快回復常態，他微笑起來，「我相信，如果我有一日到外國留學，我最想買的也是這種書。」他翻閱着那兩本香港旅遊書，一本介紹港鐵沿線的吃喝玩樂，另一本專題介紹香港郊外。

「我們都是香港人，周圍去玩，滿以為對這地方夠熟悉了。」謙滿有感受的說：「原來，還有很多地方沒去過，甚至連聽也未聽過。」

「真的嗎？」Oscar說：「那麼，在你回來前，記得不要把書丟掉，我們到每個地方去看一下。」

「一言為定。」

Oscar把書合上，放回膠袋裏去，「對啊，你去到那裏的學校，記得要多認識幾個朋友，好讓自己有個照應。」

「我想很難了。」他搖了搖頭。

「為什麼？」

謙靜默一刻才說：「那就等於——」他環顧了咖啡室一眼，再把視線瞧向 Oscar，少有的說了一番長話：「就等於，我和你也喜歡去 Starbucks 喝咖啡，那不代表 Pacific Coffee 的咖啡不好，但也不代表 Starbucks 的咖啡特別好。只不過，由於已習慣了這個地方、這種氣氛、牆壁的顏色、咖啡因的味道、捧着紙杯的質感，甚至在這裏可以任添的忌廉；由於對一切皆已爛熟不過，也就不輕易想改變了。」

Oscar 明白的點點頭，「一切均需要培養，但培養需要輸出心血。」

謙接續了他的話：「不知怎的，我總覺得，我的心血一早已用光了。」

Oscar 用雙手捧着杯子，咖啡不復一開始時的熱暖，「真奇怪，我也一樣。」他說了真確無欺的話。

謙微笑着說：「所以——」

Oscar 不待他說下去，他不要強逼他做什麼了，正如他那個管教嚴厲的母親那樣。

他豁然開朗地說：「所以啊，你一個人要好好照顧自己。」

「為了每個關心我的人，我答應。」謙看看掛在遠處那個巨型航班表，他微笑一下說：「我要起程了。」

「我送你到閘前。」

兩人站起身來，謙想起來問：「火火不會也來了吧？」

「我不知道她，但她應該不會出現在你身邊的那個機位，她並不是那麼浪漫。」

Oscar 猜想着說：「此時此刻，她應該在家中倒頭大睡吧？」

# 4

謙的家門接連在響，謝母打開了門，站在鐵閘外的火火，一口氣還未喘順，就用氣急敗壞的聲音說：「我是謙的女朋友，我想跟妳談談。」

謝母靜默地凝視火火三秒鐘，才把鐵閘打開來，對她溫婉地說：「請進。」

火火為了順利踏進了謙家中而感到意外，她整個人還是氣沖沖的，背脊在冒汗。

她走到客廳中央，才看到自己在光潔的地板上，留下了一組污黑的鞋印。謝母似乎沒在意這些，迎着淡淡的笑問：「妳要不要喝些什麼？陪我一同喝紅茶好嗎？」

火火點了一下頭，謝母便走進廚房去了。

她在寬敞的客廳中，仔細地環顧周圍，這裏簡直一塵不染，只有在電視櫃前和沙發旁的茶几上，她看到謙和他母親的合照，她留意到並沒有一幅有他父親的全家照。她彷彿走進什麼樓盤特輯的豪宅示範單位，根本不像是有人住的地方，也因此她對謙的生活有了具體的輪廓，在此處多逗留一會也能感受到壓力，何況他正住在這裏。

謝母拿着餐盤走出來，招呼火火在餐桌前坐下，她有一張跟謙一樣鵝卵形的臉，用那一看便知是名牌的茶壺替她斟了一杯茶，火火看着冒着白煙的紅茶，突然感到很困惑。

眼前的謝母，臉上有一股貴族氣質，跟她心目中那個神經病的謙母親截然兩樣，用優雅去形容她也實不為過。

火火明白自己性格暴燥，所以，她叫自己壓抑好脾氣才說：「我這次來，是希望妳收回要謙到外國讀書的命令。」她在心裏慎重的告訴自己，她是來求和的，並非要把事情弄得壞上加壞。

「禮謙有對妳說過，他不想去嗎？」

火火想了一下，謙是個人如其名太謙虛，也太自我抑壓的人，他的確沒有表現過。她只得說：「沒有。但我知道他根本不願離開。」

「妳根本什麼也不知道吧。」謙母安撫她似的笑了笑，「在禮謙很小的時候，他已對我說過，他要考上全美國最頂尖的學府，他說他要戴着四方帽，讓我倆在校舍前合照。這是禮謙小時候最大的志願。」

火火一下子無言以對，謙母繼續說：「所以，這不是我的命令，我只是像一個母親般，盡力達成兒子的心願。」

火火完全處於下風，但她不甘於這樣就放棄，如果連她也放棄，就沒有人能幫到謙了。她把視線轉向客廳，看到那個大得驚人的電視，忽然間想到了，謙跟她說過在家吃晚飯時不開電視卻也無言以對的事，她回看謙母的臉孔問：

「他有多久沒有跟妳講心事了？」

謙母注視着火火，她掀着的笑容僵住了。

火火說：「謙小時候最大的志願，正如妳說的，真是考上全美國最頂尖的學府。但他長大後的最大志願呢？如果他的想法已有改變呢？他有沒有告訴過妳？」

謙母的眼神好像一下子微弱下來。

「他告訴過我。」火火說：「我們什麼都談。就算沒有談的，我也知道了。」

謙母不安的挪動一下身子，「那麼，妳告訴我吧，謙長大後最大的志願是什麼？」

**「他長大後的最大志願，就是要好好保護母親。」**

謙母當堂呆住了。

火火盯住謙母，想到謙養成那種脆弱的性格，她不吐不快地說：「為何我會知道？從謙口中，他一次也沒提及過妳打他，但我知道，他用自己去保護妳。他是用自己的身體去擋住傷害他的母親！」

謙母拿起茶杯，默默喝一口，她的手臂卻微微的在顫抖着。

「抱歉我有這種猜忖，如果我冒犯了妳，我想先向妳道歉。」火火凝看着謙母，她用力咬咬牙，決定不顧一切的問：「但是，我相信，妳丈夫有打妳吧？」

謙母放下手中的茶杯，紅茶從杯口猛潑出來，纖長的白色頸項現出了青筋，「妳太無禮了，妳——」

火火斷然打斷她的話：「謙的父親待妳不好，妳就將滿腔怨氣發洩在謙身上，對不對？」她終於還是做回了自己，感覺痛快得多了。

「請妳離開。」謙母臉都白了。

「我當然會離開，我也恨不得馬上離開這裏！就像謙離開妳那樣！」火火用一種輕蔑的眼神看她，「妳滿以為是自己趕走了他，但其實你給了他重生的機會，他一走就不會再回來了。」

謙母兩眼擒滿淚水，「不會這樣的，我兒子不會離開我，他是乖孩子，他會回來的！」她整個人顫抖起來，「小時候，謙就懂性了。他知道父親不會回來，他會跟我一起睡，他會對我說：『老婆，快來睡。』那個時候……我倆口子也很幸福。」她的淚水簌簌而下。

火火雙眼也紅了起來，「我父親——」她吸吸鼻子，忍住情緒說下去：「我父親幾年前有外遇，被我無意中發現了，父親哀求我替他保守秘密，一同隱瞞着我那可憐的母親，不要讓這個幸福的家變得家散人亡。從那天起，我整個人就變了，我一直做着那個自己最討厭的自己……」

火火說到這裏，一口氣嚥不下去，她端起茶杯，喝下半杯紅茶，才續說下去：

「突然間有一天，我覺得自己不再討厭了。我在想那是什麼一回事啊，後來我終於知道，原來，我已經變了個憤世嫉俗的人，對什麼也看不過眼，將滿腔怒意任意發洩在別人身上。我有時也會覺得自己太殘忍，但我已經無法回頭。」她伸出手，按着謙母放在餐桌上冰冷的手背，「再過不久，謙就會步我後塵。我求妳——我從沒有向別人提出過請求——但我求妳，不要把他變成我。」

謙母靜默的凝望着火火，對火火來說，那卻像等待最後的判決般漫長。約莫過了半分鐘，謙母說了完全出乎她意料的話：

「我知道謙有個朋友，名字是 Oscar，是不是？」

「是的。」她不明白，謙母為何會提起 Oscar。

「只有一個條件：不要讓 Oscar 走近謙。」

火火幾乎想脱口而出：「Oscar 可不是同性戀，他倆只是鬧着玩，是一對很要好很要好的朋友！」但她緊抿着嘴巴，為了謙的去留，保持最大克制地說：「好的，我答應妳！」

謙母恍如大大地鬆了口氣，她把另一隻手搭在火火的手背上，兩人交換了一個女人才明白的微笑。

## 5

走到出境的閘門前，謙和 Oscar 停了下來，兩個人面對面的。

Oscar 說：「我臨時決定來，沒準備什麼送給你，但我可以給你這個。」他掏出手機，把插在裏面的 SD 卡拔了出來，一邊遞給他，一邊說：「你去到那邊，不要只聽黑人饒舌音樂，我真怕你會變成拿自動步槍向同學亂槍掃射的瘋子！這裏面載入了很多 MP3 歌曲，你知道我的英文程度有多好，所以，裏面盡是些經典的中文歌，是精選之中的精選，約一千多首，足夠連續播放幾天了。」

謙接過 Oscar 送贈的 SD 咭，把細小如指甲的它握在拳頭裏，久久無法吐出一句話來。

Oscar平靜地說：「快走吧，我不想淪為那些電影造作的催淚情節。」

「怎會呢。」謙笑了笑，「會讓人催淚的，總是男女主角離別的情節。」

「那麼，我們更不要打破慣例。」Oscar把雙手插進褲袋裏，笑着揮手說：「走，快走。」

謙突然認真地問：「當我回來後，我們還會是好朋友吧？」

「對啊，就像你沒有離開過那樣。」

「就像我跟你說過的那件事？」

Oscar想了一下，他很快便記起來了。

他保證似的點頭說：「你在將來生的兒女，會介紹給我兒女認識。若是男男或女女，就給他們做兄弟或姊妹；要是一男一女，就給兩人速配成情人。」

謙雙眼紅了一圈，「因為，那是因為……」他的聲音沙啞起來：「除了朋友，我已……………經什麼也沒有了。」

去。」

「我知道。」Oscar 咬咬牙笑着說：「我不會令你連唯一擁有的東西也失去，放心

謙這才真正放下心來，兩人用最好的微笑道別。當他讓關員檢查了機票和護照，正式入閘的一刻，他的手機響起，是母親的聲音：「你不必去美國了。」

「媽，妳說什麼？」他聽不明白。

「我不用向你解釋，你照我的話做便是。」她掛斷了電話。

謙折返 Oscar 面前，一臉茫然。Oscar 問：「忘記帶東西了？」謙說了電話內容。

「不用去了？」Oscar 的訝異不下於他，「你媽也太兒嬉了吧？」

謙沒有了主意，他詢問 Oscar 的意見：「我該怎辦？」

Oscar 倒是滿臉認真的說：「我支持你去外國留學，繼續出發。」

「真的嗎？」謙神情黯淡下來。

「說笑，只是說笑。」Oscar 不要嚇謙了，他大概像坐了一場過山車般心膽俱裂了。

Oscar十分十分高興接到這個好消息，他情緒高漲地說：「既然如此，我們把今天當作是一眨眼的四年後，我是來給你接機好了。」

謙吁一口氣笑了，肯陪他玩這個，「好啊。」

「不用排練，我們正式演出吧。」

謙用力的點了點頭。

Oscar輕閉雙目，冥想自己就這樣過了四年，拍了兩至三次拖，然後又鬧分手了，沒有誰來作伴，也沒有真正想結伴的人，生活不過不失，內容卻乏善足陳。他知道心裏有個鐘，就好像迎接四年一度的奧運一樣在倒數，謙終於回來，他覺得自己也要恢復洩漏出去的元氣了。

當Oscar再度張開雙眼，一別四年的謙出現在眼前。

他直直地注視他，用掩飾不住的激動說：「謙謙你好！」他不期然的捶了謙的胸口一拳，「四年不見了！你好嗎？」

謙被捶的地方一痛，但他確實感到這是一種掛念的力度，他說，「我很好！Oscar，你也還好嗎？」

Oscar 還是忍不住的說：「我不大好。」

「其實，我也不大好。」謙推推他的眼鏡，樂觀的說：「會好起來的。」

他學着 Oscar 的動作，用力打一下他的肩膀，讓 Oscar 露出剎那而過的痛楚神情。接着，兩人就用久別重聚的那種笑容，正式的笑了。

*****

那個晚上，謙拖着兩個沉重的行李箱回家，他卻覺得整個人輕鬆到極點。

母親已在睡房休息，他看到門縫下有燈光，但他並沒有敲門，只是把護照、機票等放在客廳的餐桌上，便返回自己的房間去。

他坐在地上，打開了行李箱，希望儘快收拾一下，想不到就這樣不經不覺背靠在牀邊睡着了，他連做夢的氣力也沒有，一覺便睡到天空矇矇發白。

他意識含糊、跌跌撞撞的去刷牙，打算好好的再睡一遍。

折回房間時，他這才發現書桌上放着一本護照。他努力地回想，自己是何時拿進來了呢？夾在護照內的機票又為何不翼而飛？他還不至於懷疑自己有夢遊症吧。

他突然想到了，是母親曾經進來，把他的護照擺放到他的書桌上了。

他頓明母親的意思，但又有某程度的一知半解。母親是解除了對他的封鎖，抑或將未來的他放逐了？他不會知道，大概也不敢發問。

但在這一刻，他對他的這本護照珍而重之，他把它緊緊抱在懷裏，彷彿終於可以掌握到自己的命運。

然後，他蜷縮着身子在牀上睡着了——姿勢恍如在母體內的胚胎。

那種單純直接的溫暖，
根本不需要動魄驚心，
只要哪一天我睡着了，
你替我關上刺眼的燈。

# 最終章

# 在測謊機前，還是會說同一番話

你懂得撒謊嗎？
你懂得說騙自己的謊嗎？
只有連自己也騙過了，
才能通過測謊機。

但總有些事情，
即使連測謊機也測不出來，
你還是想把真相告訴一個人……

# 1

兩個月後，是謙的生日。

在生日那天，A班同學送給了他一份珍貴的禮物，班上每人夾了一點錢，也找到其中一個同學做眼科醫生的親友打了個巨大折扣，替他做激光矯視手術。

手術進行得很順利，休息了兩天，謙已經可以如常活動了，分別就是再也不用戴着那副粗膠框的眼鏡了。

Oscar 想到一個儀式，告別謙十幾年戴眼鏡的日子。

三人把他的眼鏡放在地上，每人要用力踏上一腳，謙的公德心簡直拿滿分，他先用兩個膠袋包裹着眼鏡，以免碎片弄傷其他人。兩人讓謙先踏一腳，他深深吸一口氣，鞋底才踏了下去，發出一陣「格嘞」的聲音，之後兩人也踏過了，眼鏡變得支離破碎，大家一同見證一個「迷惘年代」正式過去。

Oscar不止一次說：「謙謙，真看不慣你不戴眼鏡的樣子。」他心裏知道，他只是妒忌。他妒忌A班那群學生做了本應是火火和他才該做的事。那件事他也想過了，但不可能是現在，他負擔不起，要等他賺了一筆錢以後才可這樣做。

謙認同地點點頭，「我也看不慣自己。」

火火就是要跟Oscar打對台：「我倒覺得謙英俊了不少。」

Oscar：「救我，妳好像『露絲』。」

「誰是露絲？」

「超人片集裏的女主角露絲。」Oscar說：「超人戴着眼鏡，露絲就視他是個沒用的男同事。當超人把眼鏡脫下，把內褲穿在外頭，他馬上就化身成她心目中的英雄了！」

火火笑呵呵，「只差把內褲穿在外頭，謙也會化身成我心目中的英雄！」

「放過我！再一次救命！」Oscar作了一個想要嘔吐的表情。

謙發表意見：「我不會把內褲穿外頭，那實在太難看了。」

火火拍打他的後腦，「我在讚揚你呢，超笨。」

可是，Oscar 就是知道，火火對謙沒戴眼鏡的新造型是蠻滿意的。

也許，因受到別的同學的稱讚，她也就覺得跟謙在一起不老套了。她一向是個愛玩愛潮的女子，最可惜就是不能脫俗。**Oscar 對她有這個觀感，他對她又愛又恨。**

不過，一切恍如雨過天晴，Oscar 意識到火火喜歡謙比過去多。那不是一種情緒上的模擬，而是真正的喜歡上。

這種想法讓他感到很安慰。

*****

Oscar 為了自己失球和擅自離球隊那件事，向教練和全體球員道歉了。

由於都是男性，大家都很明白 Oscar 當眾道歉所需要的勇氣。但是，教練必須顯示權威，所以拒絕了他的重歸。十多個球員遂開口力撐 Oscar，教練最終以一句「我會好好觀察你能否將功補過」就將問題化解了。Oscar 再落場時，幾次破解了敵方致命的進攻，由後備球員再躍升到正選位置。

謙和 Oscar 還是後防的最佳拍檔。

謙沒有了眼鏡的牽絆，守龍門更加得心應手。可是，他的方便就把 Oscar 害慘了。那個時候，只有 Oscar 和隊友們在更衣室拿走謙的眼鏡和衣服，令他像是瞎子摸象似的。如今他做了矯視手術後，他看得比 Oscar 還要清楚。大夥兒遂轉移目標合作整 Oscar，在洗澡時拿了他的毛巾和掛在門外的汗衫，卻給 Oscar 機警地發現了，追打謙，謙急起來，把自己反鎖在一個廁格內。

「喂！謙謙，開門！」

謙手拿着 Oscar 的毛巾和衫褲，大聲地說：「不開。你要打我的。」

「我知道自己遲早得報應的，不是我，就是我的下一代！」Oscar 溫柔地哄他：「所以，我認命，我只求你一件事。」

「說啊。」

「起碼把我的 CK 內褲還我，我只求一——條——內——褲！Just Only One underwear, pls！」Oscar 慘情的嚷叫：「我全身只綁着廁紙耶！」

謙人品好，他真的開了一線門縫，把內褲遞向他，「中計了！超（笨的）人！」Oscar 用身子撞開了門，衝進來強搶衫褲，謙見 Oscar 用大量廁紙包裹着下圍，造成了一條 T 字形的褲襠，看來活像一個營養不良的相撲手，他笑得連眼淚都噴出來了，完全失去了防守能力。

Oscar 敲他的後腦勺，要讓他變蠢一點，在下次考試時包尾，又把他的頭塞進馬桶，豈料發現他的頭的圓周比馬桶的圓周還要大。看着兩條肉蟲在肉搏，讓外面一大堆隊友們笑斷了氣。

## 2

一個陽光普照的周末下午，三人相約到銅鑼灣逛街，行累了就走進維多利亞公園，在林蔭樹下輕鬆地散步，他們意外地找到一列並排的鞦韆。

火火顯得非常高興，她說家附近的公園一早變了樓盤，她有五年甚至十年沒有打鞦韆了，因此，她便坐上去玩了，才不管通告說十二歲以下使用，她搖得很高，高得讓兩人感到戰慄，謙害怕她隨時要掉下來，Oscar 卻多口問了一句：「可以轉 360 度的嗎？」

火火說：「試一試。」她搖擺的幅度更大了。

隨着鞦韆的前後擺動，相互緊扣的鐵環子發出咯咯的聲音，謙在心裏叫了四十多次：「媽啊！」Oscar 則十分享受地注視她的放任。

最後，她累壞了，始終沒法旋轉一次 360 度，就喘着氣停下來了。

三人各坐一個鞦韆，大家舊事重提，火火喜孜孜的說：「接下來的暑假，我們三個人真的可以起程了！」

謙問：「我們要去哪裏？還是去台灣嗎？」

「去遠一點啦，我想去巴黎！」

「很貴喲！」Oscar 反對：「我們只能看着妳買名牌，和替妳拿着很多個名牌的紙袋。」

火火呵呵笑，「你們不是很喜歡喝咖啡的嗎？巴黎的咖啡很出名。」

Oscar 看着謙說：「謙謙，你相信嗎？我們走到巴黎，還是只會找 Starbucks。」

「我也這樣認為。」謙心領神會地笑了。

「那麼，你們是二比一通過，我們會去台灣了嗎？」火火有點失望地問。

謙不知怎去回應，Oscar 對她說：「先去台灣，下一站巴黎。」

「也好。」火火這才滿意。

休息一會，火火忽發奇想，她想扮超人飛天，「是女超人！」她強調說。她把纖幼的腰擱在U字形的鞦韆座位上，但她一個人當然無法平衡，謙和 Oscar 就去幫忙了，謙扶着她的雙臂，Oscar 則扶着她的雙腿，兩人就給她飛了。三個人在毒辣的太陽底下玩得汗流浹背，但也極其快活。

離開公園之際，興奮未平的火火兩邊面頰紅噹噹的，她從後走到謙和 Oscar 之間，兩人皆自然地曲起了手臂，她就把兩手放進圈圈中，挽着他們的臂彎走。

「今天玩得好高興！比起之前任何一次也高興！」

她飛快的吻了謙的臉一下，然後笑問他：「我想吻吻 Oscar，我可以嗎？」謙笑說：「應該的。」她又飛快的親了 Oscar 的臉一下，兩個大男孩皆不好意思，左顧右盼起來。

火火看着兩人一臉窘態，她感到很有意思的笑了。

＊＊＊＊＊

由於，謙答應母親會依時回家吃晚飯，三人在傍晚前便歸去。

當謙離開了，在車廂裏，玩得一臉疲憊的火火，懶洋洋的問對座的Oscar：「你有沒有想過，謙真的去了美國讀書，留在香港的我倆，會不會在一起？」

Oscar用確定的語氣說：「不會。」

「你憑什麼那樣肯定？」

「因為，我試過了。」

火火想了想他的話，她明瞭地說：「我知道，你試過被好友搶去女友。你在那個晚上告訴過我倆了……其實，你是故意對謙說的吧？」

Oscar一下沒作聲。

「當你說那件事，我就已經知道，因為你遇過那種搶你女友的人，你就是無法做那種人。」火火凝視着他的眼睛，壓迫着問：「但你難道沒想過報復？向你另一個好友？從沒想過？」

Oscar還是沒回應，他把臉別向窗外，想凝視外面掠過去的景物，可是，列車剛好經過一條隧道，他從漆黑中的窗中看到了自己的臉。

一早說過了，他愛看倒退回去的風景，但一直沒說出來的是，他更愛的是觀察說話者千變萬化的表情，尤其喜歡注視着對方的雙眼。在這之前，他看過充滿謊言的眼睛，令他對人的信任徹底被毀滅了。那雙充滿謊言的眼睛，正好就是反映在玻璃窗前他自己的眼睛。

在這一刻，他彷彿再也不能逃避自己，把頭轉回望向火火的臉。他聽見自己說出一直不肯說的話：

「我騙了你們，那不是真相。我騙你們等於在騙我自己。只要騙倒自己，我便會好過。」

「我不明白你的話。」火火搖了搖頭。

「我才是那件事的第三者。」Oscar說：「我搶了我最好朋友的女友。」

四年前，Oscar 還沒有轉來這間學校就讀。在當時的舊校裏，他有一個認定會是一生一世的好友，而對方也有同樣的認定。但是，Oscar 卻愛上了好友的女友，他背着他和她在一起。

當好友發現這件事，就在 Oscar 和她約會時出現了。好友狠狠賞了他女友一巴掌，Oscar 為了要保護她，也狠狠揍了好友一拳。她卻沒有就此欣賞他，反而指罵 Oscar 為何要打他的男友，令 Oscar 百詞莫辯。

就是這樣，Oscar 讓她知道，原來她仍很愛她男友，兩人便和好了。

Oscar 在同一天失去了自己最愛的女孩，以及最好的朋友。

「妳記得『明星臉』嗎？」Oscar 對火火說：「我不是說過了，理虧的人不敢還手？在那一刻，我多希望我的好友可以狠狠揍我一頓，即使我氣力比他大得多，他打我我也不會還手，他把我打得頭破血流也可以。那是因為，我搶了他女友，他揍我能讓我贖去我的罪，我身體愈痛，我心裏愈會覺得痛快。又或者，這樣會挽救了我們的友情也不一定。可是，他只是用深不見底的悲哀眼神看着我，這使我不得不羞愧地離開。」

火火低喃：「原來，你說的是你自己。」

「我在提醒自己——一次又一次地。」

火火一臉失落，「你也提醒我了。」

「我到站了。」Oscar 看着慢慢流入站頭的列車，「剛才我對妳說的事，請妳一定——」

「你對我說過什麼了？」

Oscar 朝她感激的笑了笑。

火火說：「不過——」

「不過什麼？」

「我永遠不會告訴你，在謙和你之間，我喜歡誰更多。」

Oscar 靜默的看着她，他可以聽得出她的哀愁——給泯滅了所有希望的哀愁。

「那麼，我才覺得自己的心腸壞得心安理得。」

「我倒不懷疑這一點。」Oscar 說：「妳好像我分裂出來的兇惡一面，這正是我喜歡妳的原因。」

*****

步行回家的路上，Oscar 從夾克的口袋裏掏出了手機，他從圖片庫裏搜出一張照片，是一個士多啤梨芝士蛋糕。

那一次，預祝火火生日的前幾天，他突然興起要做一個生日蛋糕的念頭，準備讓三人過一個驚喜的夜晚。

他動手在網頁查詢了做法，買材料後，花幾天時間試做了，很可惜並不成功，一個變成了半塌的山泥；第二個也做得失禮，但時間已到了，他捧着蛋糕，前往三人相約的酒吧，先偷偷請侍應把蛋糕放進廚房的大冰箱裏，才去跟火火會合。想不到她卻鬧事了，兩人落荒而逃。

最出乎意料的是，謙竟也不約而同地做了一個生日蛋糕。真心的說，Oscar 造的那個要比起謙的漂亮，或許更能引起垂涎，也因此，他始終不敢走回去認領它。但是，在蛋糕製成的一刻，用手機拍下的照片，他卻一直保留着。他希望有那麼的一天，他有機會送她一個——嚐不到也至少很好看的生日蛋糕。

如今這一刻，Oscar 在火火面前把真實的自己揭開來了，他心裏反而釋然。**正如一個蛋糕不在限期前吃掉就會變壞，尚可永久保存的，只是一種在幻想中很好吃的情懷。**

Oscar 低喃了一句：「火火，祝妳生日以外的每一天也很快樂！」他順手刪掉手機內生日蛋糕的照片，如同刪掉了自己的心情。

然後，他踏着輕盈的腳步，臉帶微笑的回家了。

3

謙回到家中，與母親各據在長桌的一邊，默默的吃着晚飯。

平時沉默得很的兩人，謙卻惦記着很想分享的事，他主動說：「媽，妳記得小時候帶我去過維多利亞公園嗎？我今天去過了，我還玩了鞦韆。」

「是嗎？」

「這讓我記得，幾歲時的我，玩鞦韆時盪得很高，妳一直在旁叫我小心。」謙說：「我今天看朋友在玩，終於明白妳當時的心情了。」

「那就好。」母親說：「菜涼了，快吃吧。」

謙哦了一聲，也就帶着微笑起筷了。

他像是照顧着一個患失憶症的母親，他要努力的讓她康復過來，把過去發生的一切像打點滴的輸給她，但那不可以着急的，他只得慢慢的，慢慢的要去修復母子的感情。

飯後，他把碗子和雙筷拿到廚房裏，眼神無意中接觸到碗上細微的裂紋。突然之間，他把一直避免回想的事都記起來了，他記得從哪天開始無法和母親快樂地交談，他不可磨滅地記住了，那是什麼一回事。

他是個乖兒子，從小到大，跟母親什麼都談。吃飯的那半個小時，更是兩人快樂交談的時間。有一天吃飯時，他對母親說：「我愛上了一個人。」

母親興奮的笑問：「哪個女孩有這麼幸運？」

「他是個男孩。」

母親的臉色頓時變了，「別拿這種事開玩笑！」謙不料她有這種反應，他整個人怔住了。

母親站起來，椅腳忽然移後，發出難聽的吱吱聲。她直走到他面前，毫無先兆地給了他一巴掌，對他大聲地說：「你說錯話了，我給你再說一次。」

他一邊面頰辣刺刺的。

母親從沒打過他，這是他一生人首次被打。他整個人驚呆了，明白了事態的嚴重性，但他卻因此堅定了意志，把剛才的話再說一遍：「媽，我愛上了一個男孩。」

「你在開玩笑！」她一下接一下的掌摑着他，每一下耳光也響亮且毫不留力，「你開了不應該開的玩笑！」

「我不會拿自己的感情開玩笑。」他不閃不躲的，沉痛的打擊使他暈眩。

「從今開始，你只能愛你母親。」母親聲音低沉的說：「你只能愛我一個！」

他感到口腔內有一陣血腥味，他咬緊牙關說：「媽，我永遠敬愛妳，但我也愛上他了。」

母親露出慘敗的神情，她的手在半空凝住了，過了好一陣子，她退後了幾步，用懷疑的眼神看着他，彷彿對眼前的這個人是否自己的兒子存疑，然後，她伸手將桌上的飯菜大力一掃，便走進房間內，「砰」的關上了門。

謙看着滿地狼藉，他要瞇起雙眼，才從一堆飯和肉汁裏，尋回飛脫了的眼鏡，鏡框有點扭曲變形了。可是，他不後悔。

當天晚上，他做了一個噩夢，驚醒後，他睜開雙眼看着漆黑的天花板，正想再睡，卻發現自己腳邊有些東西。他打從心裏顫抖起來，懷着驚恐的心情再細看，那個黑影是他的母親。

他在牀上坐起來，整個人清醒過來了。母親坐在他的牀上，背向着他。

「媽，是妳嗎？」

他再喚一聲，母親這才轉過來半邊臉，用哀求的語氣說：「謙，你可不可以喜歡一個女孩？」

此時此景，令謙心裏發毛，他好好地解釋說：

「媽，我只不過喜歡了一個，人。」

「跟我說一次，你永遠不會告訴那男孩。你會找個女孩拍拖，你會嘗試去喜歡一個女孩子。」

謙疼愛母親，但他無法接受她的建議，當然也不可能答允她的命令。當他想說出違抗的話來，他駭然地發現，從窗外月光的反映中，他看見母親手中正拿着一柄發亮的物件，冷光打到牆壁上，不斷地晃動着。

他急急跳下牀，亮起全個房間的燈，看到使他永難忘記的一幕——母親正握着生果刀，在另一條手臂上，就像切着一片片蘋果般，用刀尖劃出一條又一條的血痕，鮮血從她手臂滑落，流到白睡袍上，把睡袍染成一大片深紅。

謙蹲到她跟前，把她手中的生果刀奪走了，抬起了她流血的手臂，喊：「媽！」他聲音啞了，一句完整的話也說不下去。

母親雙目失神，恍如着魔似的喃喃重複着那句話：「跟我說一次，你永遠不會告訴那男孩。你會找個女孩拍拖，你會嘗試去喜歡一個女孩子。」

母親手臂上傷口的血順流到謙手中，讓他感到一陣血的燙熱，他的心也同時結成了冰。

他像個乖兒子的溫和地笑了，對她唯命是從的説：「媽，我永遠不會告訴那男孩！我會找個女孩拍拖！我會嘗試去喜歡一個女孩子！」在不知不覺間，他豆大的淚水已流滿了一臉。

自從那天以後，就像原爆後的廣島，他和母親的關係灰飛煙滅，一切歸零。

*****

洗澡後，謙把自己關在房間裏，開始一整夜的溫習。溫習不足兩小時，他已感到昏昏欲睡，下午在維園玩了好久的鞦韆，讓他體力透支了。

他走到廚房裏，用在 Starbucks 買的咖啡粉，調製了一杯香醇的熱咖啡提神，然後，他執着杯耳坐下來，從書架上拿出好一陣子沒看過的《牛津英漢詞典》，他打開了第914頁——那是和 Oscar 結識的日子——在「matricide」那個生字下，貼着一張貼紙相。

他默默的看，默默的笑。

在照片中的Oscar和他自己也好醜怪哦。他在書桌燈下，一直留意着兩人的臉，他並不會見到本來站在兩人中間的火火，因為，她給他用鎅刀裁走了。當他再看清楚照片上的輪廓，由他親手繪上的字，很巧合地給裁成了「FOREVER END」。

謙珍惜地把這張合照看完又看，像要看出其中的不同，可是這一切也不會有絲毫改變，那就正如，他知道Oscar喜歡擁擁抱抱的、跟他同喝一枝汽水，表現很親切。但他常常告訴自己，Oscar只是跟同伴玩玩，Oscar不喜歡男人，他才是。卻從來不能在Oscar面前承認，甚至連反過來要抱一下Oscar、拿起Oscar的汽水喝也沒有勇氣。

他安分守己地做着好朋友的角色。

**由於他不貪心，一切於他來說，都變了額外的獎勵**。

謙曾經想過，如果Oscar知道了這件事又會怎樣？他知道Oscar的性格，相信他們繼續會是朋友，可是卻不會那麼親密了。起碼，Oscar不會抱他，連玩也不會，因為

Oscar 會怕惹他誤會了。因此，他作出了抉擇，像答應母親一樣的答應自己，不會告訴 Oscar，無論如何也不會，這個秘密會直至死去的一刻，連同他腐爛了的嘴巴一同入土為安。

謙永不會忘記，他為了 Oscar 刺了別人一刀，因為，他知道 Oscar 會有多想那樣做。他也為了 Oscar 跳下崖去，那是因為，他知道 Oscar 多想那樣做。Oscar 想做而猶疑着的，自己都替他做了，他不是希望得到 Oscar 的另眼相看，他但願 Oscar 會更珍惜自己。

他知道自己心裏有個願望——是他長大後的最大心願——就是當他和 Oscar 也有了下一代，他希望能把他們湊成一對。要是真的能夠這樣，他和 Oscar 就可以做一輩子的朋友，也就是說，他換過了一種方式，一輩子跟 Oscar 在一起了。

謙好好地合上詞典，放回在書架最當眼的位置上，確保母親不會發現。當他溫習了好一陣子，便從手機看到 Oscar 的來電顯示，他合上手頭上一切急着要溫習的課本，停下正在播放的〈蒲公英的約定〉，高高興興去接聽電話。

〈蒲公英的約定〉是Oscar很喜歡的一首歌。每次謙讀書時，也會反覆播着這支歌。在他的MP3裏，此曲大概已被播上一萬遍?如果那也算是一種思念的話，那麼他大概想念一個人上萬遍了。

他忽然想到那頭給火車撞到的牛，他可以幻想牠死了，但他寧願相信牠給救活了，現今這一刻生活得好好的，正在青草地嚼着沾了水珠、翠綠的草。那是源於，三個人的全不知情。

留一個空間，關於友情，關於愛情。

如果可以當作粉筆字般的擦走，
我會選擇你嗎？
你會選擇我嗎？

還是過了很久以後，
讓上頭的字隨意剝落……

# 後記

# 若你願意相信，最好的友情，一定得帶着點愛情的味道

若你願意相信，最好的友情，一定得帶着點愛情的味道。

《假如我們有個然後》一書的主題是：三個好朋友的友情和愛情。朋友這回事，我在書中已經説得夠多了，所以，我在這裏不説書中主角了，我談談關於我自己。

我是個沒什麼朋友的人，年紀愈大朋友愈少。

因為，我一向不是個愛玩的人，一有空總會躲在家中睡覺、打機、上網和看電視。只是專注做自己想做的事，可算是半個毒男、出街幾個小時就嚷着要回家，愛蒲愛熱鬧的朋友很快受不了我，變得很少與我來往了。

其次就是：由於我不相信男女之間可以做朋友，所以，我也不會勉強去跟女孩子做朋友。

因為，到頭來，我發覺自己總會愛上那位女性朋友的。又或者，我早就醞釀着喜歡，借朋友之名潛進對方生活，靜待發展時機之類。我不知道自己的心態是否正常？抑或，

我太容易喜歡別人了？只不過，多試了幾次，我覺得太計算、太單向、也太委曲求存。我已經相當厭惡這樣的自己，便決定停下來了。

到了近年，在我的生活裏，存在的更只有同性朋友，但這樣反而讓我的生活簡單而放鬆了。

我曾經就讀男校，記得當時，我每天都會埋怨陽盛陰衰、但其實，我又很享受那個沒有異性存在的世界。因為，只要有異性在場，無論如何也有壓力的吧。那就等如一群男人在打波，必定粗口橫飛，每個人也動作狂野。然而，只要有一名女性觀眾在場，半數男人就會自動變乖。然而，那顯然不是自願的，只是一種揮之不去的不安之下的抑壓。

曾經有個女孩問我：「你把我也當作男生不就可以嗎？」那是行不通的。男人不可以對女孩子説男人的語言，反正她們不是不明白，就只會給嚇呆。

簡單舉個例子：男人心裏愈是難過，愈是不會説心裏話，找個同性朋友出來，對方也不會問。大家打一場波、劈半打酒，唱一晚卡拉ok，你可能最終會自己説出一切。也可能到最後什麼也不説，但心情和元氣自自然然就能恢復，這就是所謂男性之間的安慰。

面對一個女性朋友，這方法不行。她希望你能告訴她一切，她總幻想自己能替你分憂，卻不知她想給的並非男性想要的。我們不甘示弱，女孩子卻偏偏在我們最脆弱的時候，還要我們舉手投降，這就是男女之間大不同之處了。

所以，我總有種狂想（尤其在讀過男校以後），真希望在我的生活裏，只有同性的存在。若是這樣，我就會沒有了作為男性的巨大包袱，我應該會快活得多。畢竟，與男性做朋友是可以不分階級不論富貧的，只需找到一種共同嗜好或興趣，甚至擁有着同一份感性，兩個男人就有可能發展成好友。

就像故事中的謙和Oscar，説的就是這回事吧。

我很喜歡開頭的一場：火車撞上牛。當牛傷得奄奄一息，兩個人也有若傷得太重不如幹掉牠的感慨（女主角卻不能明白那種情懷），如果問他們為何會成為朋友：原因很簡單，兩人錯殺一頭牛。

我有一個從讀書時認識了很多年的老友豪哥。豪哥和我差不多一個月才會見一次面，但每次見面總會充滿喜悅。寫這本書的時候，很多跟他相處的片段都浮現出來，讓我邊寫邊會心微笑。我和豪哥也試過爭吵，甚至想過絕交。但兩個人要做到真正的朋友，這些考驗必定要通過。

踏出社會工作後，已經太難找到可讓人投放心血的朋友了。成年人的所謂朋友，十之八九都建立於利益和計算的關係上。

所以，如果你有一個（或幾個）一同讀書、一同興趣、一同成長的朋友，請你要好好珍惜啊，這個人可能比起情人，更有機會陪伴你到老。

# 假如我們有個然後

作　　　者：梁望峯
出 版 經 理：林瑞芳
責 任 編 輯：鄭樂婷
文 稿 協 力：林碧琪 Key　陳毅琦
美術及封面設計：BeHi The Scene
封 面 插 畫：Daisy
出　　　版：明窗出版社
發　　　行：明報出版社有限公司
　　　　　　香港柴灣嘉業街 18 號
　　　　　　明報工業中心 A 座 15 樓
電　　　話：2595 3215
傳　　　真：2898 2646
網　　　址：http://books.mingpao.com/
電 子 郵 箱：mpp@mingpao.com
版　　　次：二〇一八年七月初版
I S B N：978-988-8525-24-9
承　　　印：亨泰印刷有限公司